邁步向前直到綻放吧！

小林賢伍
KENGO KOBAYASHI
文·寫真

林嘉慶
譯

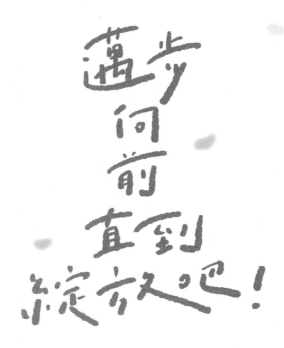

前言

彷彿踏上一條覆蓋著新雪的道路

我偶爾會懷疑自己在做的事情是否正確。我感覺自己是對路上的違和視而不見，才一路走到了這裡。但是，回顧過去，正是因爲這一路迂迴曲折，才能遇見不同的朋友；正是因爲繞道而行，才能看見不同的風景。若是轉變觀點，說不定我其實是走在一條筆直前行的道路上。

我在二十六歲時，突然向公司提出離職信。並非是因爲有「想將人生歸零重新開始」這種宏大的動機，或是有「想轉行、創業」的具體目標。我只是覺得在這廣闊的世界中生活，卻二十年以上一直住在相同的土地上感到無聊而已。就這樣，我在沒有任何人的支持鼓勵下，自己選擇了申請打工度假，前往臺灣。從那時開始，我彷彿踏上一條覆蓋著新雪的道路，在沒有腳印的路上一味地向前行走，每一步都只留下自己的腳印。我想知道的不是世俗上的價值，而是對我有價值的事物。我在臺灣爬過高山、跳過大海、在原住民的村落跳過舞。一路上發生了大大小小的經歷，都成爲了連結衆多世界的架橋，擴展意想不到的可能性。而這些擁有過的回憶和經驗，都會轉化成人格、表情、話語，塑造成現在在鏡中反映的我。我的道路和你的道路，雖然前進的方向各有不同，但只要在這條道路繼續行走下去，將來一定會在某處重逢。所以，現在就暫且先說聲Good bye。

水瓶座的思考邏輯

人生的迂迴

追尋櫻花之道

水瓶座的思考邏輯

在拿起相機之前，我沒有意識到自己原來是會對天空顏色變化而感到內心雀躍的浪漫男子。相機，只要擁有它，它就會帶你走上從未走過的道路。而說不定其中一個迂迴，就會成爲你開啓世界的大門。

00 迂迴

慘了。前言表現得太過詩意，接下來開頭的文章反而難以下筆了。現在臺灣的大家所認識的「小林賢伍」這號人物，應該印象都還不錯。不論是上傳到網路上的照片，還是在新聞報導中刊登的「那位小林桑」，基本上都是正面的讚賞。偶爾會有獨特見解的發文，想必是位很親切的人。也不知道是不是被「那位小林桑」給矇騙了，這次臺灣聯經出版公司的編輯對我說：「小林桑可以自由發揮你想寫的內容」，爽快地答應出版這本書。但是，出版社應該沒想到我從前言就開始這樣自由發揮了，連方向都不清不楚，現在他們應該正抱頭後悔吧。所以在您閱讀這本書前，我想先傳達一個重點。即使有什麼誤會，也請不要期望能從這本書中獲得什麼與未來有關的事情，或是能學習到攝影師的專業技術或知識什麼的。**因為這本書，在你的人生中，充其量不過是其中一個「迂迴＊」而已。**

＊迂迴，此取原日文「寄り道」之義，繞道、拐彎，不直接，避免走原來的路線。

01 在閱讀使用說明書前

「跟想像中的小林桑不一樣。」其實認識我的人都會率直地說出這句感想。會說話的人，會用「感覺很親切」來形容我，不太會說話的人，就會冒出「沒想到你這麼幼稚」。姑且不論在後者眼中，之前的我是怎樣的人物形象，我想強調的是，「那位小林桑」在現實中是不存在的。那麼，到底小林賢伍是個怎麼樣的人物呢？我想從小時候開始依序解說。看到這裡，如果您已經覺得像學校朝會上校長的演說般「唉，好像要講很久耶」，建議可以直接跳到第三章「追尋櫻花之道」的章節開始閱讀。

在東京老街長大的我，總地來說，在求學時期是個時常惹父母親和老師生氣的人物。從幼稚園開始，諸如按朋友家的門鈴後逃跑、把橡皮擦屑搓圓後丟人的惡作劇，小朋友能想得到的壞事我大概都做遍了。我爬上每一棵我看到的樹，在樹上吃零食，從樹上觀察眾生百態，也因此曾被說「可能是猴子轉世投胎」。不知道是不是受到家人常帶我去露營的影響，我小時候是個時常在大自然中遊玩的健康都市兒童。學生時期的成績，整體來說不算好也不算壞。人際關係良好，和家人的關係也很融洽，我們會用撲克牌的輸贏來決定誰要洗浴缸，我就是在這樣的環境下長大。

由警察、教師、褓姆組成的公務員家庭中長大的我所接受的教育，最重要的有三點：

1「重視朋友」
2「堅持一件事（如運動）」
3 **「人若犯我，可以反擊」**

因爲最後一點不常聽到，我補充說明一下，就是如果有被什麼人欺負的話可以報仇，就是照字面上的意思，很不像公務員的作風，非常具攻擊性的家教（笑）。另外，在我的記憶裡沒有被念過一般父母親可能會對孩子說的「去唸書」、「選這條出路」之類的話。或許是因爲一直以來我都在這種不曾感受到壓力的環境下生活，所以才形成了現在這樣樂觀的性格。

那麼接下來，就要開始分享在臺灣被說是「火星人」的水瓶男成長紀錄，對讀者們特別公開小林賢伍的使用說明書。

社交「A喜歡 or B其他」

我對於人際關係有非常獨特的見解。

首先，信任對方，但不對對方抱有期待。接下來的內容會有點突然。我從學生時期開始，就覺得全班討論的行爲沒有什麼意義。理解對方的想法固然很重要。但是，沒問題的時候就算放任不管也不會出問題，不行的時候無論說什麼也還是不行。我記得從高中時期左右開始，我對於小組間的交換意見，就抱持著比較冷淡的態度。從好的一面來看，我比一般人更尊重對方的思考方式。然後，即使到了現在的年紀（無論是團體還是個人關係），我的想法也沒有變，依舊保有三大原則：

1 「（不管再怎麼努力）要離開的人終究會離開」

2 「要留下的人終究會留下」
3 「有緣分的人終究會不斷地相遇」

結果到頭來，即使耗費時間，卻仍不清楚對方的本質。學生時期長時間交往的朋友，到底理解對方多少？從學校畢業後和每個人見面的時間變少，還有足夠的時間理解對方嗎？如果答案是「沒有」，那麼這樣就是浪費時間。選擇朋友的依據，只要從外表和行爲舉止獲取的「模糊印象」就好。不論是過去發生的事還是從別人口中聽來的傳聞都好，重要的是要靠自己判斷。我認爲人際關係有趣的地方在於，不一定是藉由工作或興趣才能變成好友，而是需要重視一些生活上的小事，像是一起吃飯會變得更好吃等。成爲社會人士後，每個月見一次面的關係，就和小時候每天見面的程度相同，所以「用適當的頻率維持一段良好的關係」也是很重要的。

我唯一會關心的事情，就是不對他人執著。如果想和對方變得親近，就會一直想跟對方聯絡。然而，他也有自己的工作、興趣愛好和其他的朋友。而且，我們也不可能看到彼此的心理狀態。連我有時也會在忙得不可開交時跟人聯絡之後，感到身心疲憊。因此，我會留意要盡量與對方保持最小限度的空間。我在這方面的想法很負面。但重要的是，還是要有幾位不需要擔心彼此的時間和精神狀態也能輕鬆聯絡的朋友。如果有壓力，向眞正值得信任的人傾訴就好。相反地，時常聆聽那些朋友們的煩惱也很重要。

不要勉強自己去迎合別人，試著自由地生活，**如果發現自己周遭都沒有人了，再重新思考自己的生活方式就好了**。在日本的一般教育中，是期望我們能在特定的圈子中與任何人都相處融洽。然而，世界很大，我們應該可以明顯區分出跟自己個性相合、或者不合的人。我認爲以「個性不合是正常的」做爲前提，與人相處時壓力就會減少了。雖然人際關係是壓力的根源，但我不想放棄與人接觸的機會。因爲，**小小的連結也有可能在未來對人生帶來重大的影響**。這樣一想，人生就變得更加有趣了。

03

我不認為我的身分是攝影師

我與相機的相遇，要追溯到大學時期。我的祖父家位於還保留著昔日面貌的東京都品川區戶越銀座的商店街附近，那裡有一間小照相館。店名是「Photo Kanon」。外觀以白色爲基調，看起來像是一間咖啡店，在老街中特別顯眼，我去找祖父的時候，都會莫名地想順路經過那裡。那裡有洗照片的服務、相機的相關商品、小型個展等，就如同一般的照相館，並無特別之處，但在那裡上班的工作人員都非常親切。對當時還是學生的我，使用非常禮貌的語氣，告訴我相機的魅力。並非只是推銷販賣商品，而是單純地訴說他／她們對相機的愛。耳濡目染之下，不知不覺中，我在這裡度過的時間，把我之前認爲**「照片什麼的，用手機拍不是就可以了嗎？」的認知，轉變成了「用相機拍照好像很不賴」**。也因爲這個影響，我一時衝動就在秋葉原的友都八喜相機店買了一台相機。機體是 Nikon D3200。

而購買這台單眼相機的理由，是「因爲在廣告中宣傳相機的木村拓哉好帥」。然後，我馬上就到戶越銀座的照相館，和大家報告我買了自己心心念念的相機，當時的那股興奮感，至今依然清晰。就這樣，我與相機的人生就此展開了。

但是關於攝影，我全部都是自學。並沒有教導我攝影方法和攝影設定的老師，我也沒有上過專門學校。此外，不喜歡閱讀文字的我，就連說明書也一次都沒翻開過，就像玩玩具一樣地使用相機。選單內的詳細設定，我到現在從未搞懂，在相機快門的地方還寫著不知道是什麼英文單字簡寫的「S」、「A」、「M」等英文字母。話雖如此，我也不想選擇AUTO模式來拍照。幾個月、幾年下來，我並非用頭腦在理解相機的性能，而是不斷重複地「嘗試」。在這樣憑感覺學習的過程中，**我成了一名無法將拍攝時的設定數值化並說明的攝影師。**

我用這種淡薄的愛對待相機，與相機一起走到了現在。在逐漸習慣了自成一派的拍攝風格後，我開始上傳過去拍攝的旅行風景和人物形象到社群媒體上。沒有特別的目的，零零碎碎地持續更新。大約半年後，在大學的時候，我收到了一封聯絡訊息。內容是：「我正在尋找拍攝低年級活動（運動會、足球比賽等）的攝影師。可以請您來幫忙拍攝嗎？就算只是嘗試一次也無妨。」這是我對相機從興趣涉足爲工作的瞬間。我的第一次攝影工作——小學低年級的足球比賽。一開始是要從操場外拍攝到處自由活動的小朋友們，我還天真地覺得「好像很簡單」。但是一群看起來都長得很像的小朋友們，總共八支隊伍，加上選手席上的人，是總數多達一二〇左右的龐大人數。由兩位攝影師分工拍攝，還被指定「一位小朋友最少拍八張」的條件，所以我拚了命地瘋狂拍攝。當時我還在想：「不能把興趣當成工作」，指的就是這樣的事情吧（笑）。然而，我還記得光是「能用拍照賺錢」和「再次被邀請參與拍攝工作」這兩件事情，就讓我感到很開心。同時我也覺得：**「就算不理解相機的設定，只要能拍出好照片，也能**

把拍照當作工作，這樣還眞不錯」。後來我理解到，在藝術領域中，好壞取決於人的判斷，而學習不一定要遵循唯一的方式，是一個很了不起的世界。在那之後，拍攝對象的範圍也變得很廣，像是開始婚禮進行、模特兒、運動選手、演藝人員等的攝影，挑戰各個領域。**把喜歡的事物當作興趣就好，這是大人的想法**。如果能做得到，何不趁現在。以前的我以爲攝影師這個職業，像只有天選之人才會使用魔法般特別，但好像並不完全是這樣。然而，我還沒有辦法挺起胸膛稱自己是攝影師。但現在這樣我覺得很好。

04 Hello New World

我想自信地說，相機是「肯定」會給人帶來變化的。至今我依然記得，從我拿起一直嚮往的相機走出門外的那一刻起，我對所有進入自己眼簾的事物，都產生了關心和興趣。比如雨後草木上閃耀的水珠、從混凝土縫隙中長出的生機勃勃的花朵、傍晚時分變成剪影的電線桿電線，甚至是平時吃的平淡無奇的日式饅頭。以前毫不在意的東西，現在我會開始思考它們：「如果拍成照片會呈現出怎樣的感覺呢？」一旦視野開闊了，就會發現很多事情，就像旅行一樣。沒錯，小時候的我們距離天空更近。

每個人應該都有過，親眼所見到的美景，卻無法用手機照相功能拍出來的遺憾經驗吧。但是相反地，我相信，一定也有透過相機所拍攝出的畫面，比實物更好看的經驗。這台小小的相機，有著大大的可能。而且，只要一直走到電池沒電爲止就好。人其實是很容易改變的。**沒有人會給你打分數。只是，當你越熱愛攝影，你越能理解自己。**在拿起相機之前，我沒有意識到自己原來是會對天空顏色變化而感到內心雀躍的浪漫男子。相機，只要擁有它，它就會帶你走上從未走過的道路。而說不定其中一個迂迴，就會成爲你開啟世界的大門。人越能誠實面對自我，越是堅強。**因為相機是一種非文字的語言。**

最後，我試著自我分析拍攝時的自己。我喜歡透過相機鏡頭「轉換其他身分」。我有一個習慣，就是在拍攝時會思考：「我現在所見到的世界在小動物們（如貓、松鼠等）的眼中會是什麼樣子的呢？」用低姿勢拍攝，像貓從地面抬頭仰望世界的角度會是怎麼樣的呢？這樣做之後，我發現陽光會比人類視野所見更容易映入照片中。而且，能夠拍攝到彷彿所有的花朵都巨大化的構圖。用無人機拍攝就很容易理解了。如果從空中拍攝，就像是一隻鳥的視覺，能在無法步行的地方到處翱翔，俯瞰風景。如果是水中拍攝，說不定還能轉換成海龜的視角。就這樣，我一邊轉換成其他身分一邊旅行。雖然我的拍攝方法並沒有高超的技術，但是我確實「相對於其他人，花費較長的時間思考拍攝」。也許，一般人想像中的攝影師，都是背著看似沉重的大型裝備，爲了因應各種情況，帶著腳架和多顆鏡頭，拍攝後又能熟練地使用 Photoshop 的專家，但我只是一個「喜歡相機的學徒」，僅此而已。不限定於攝影領域，技術與知識的確可以成爲武器。但是，如果搞錯了適當的使用時機，效果也會變得不那麼明顯吧。**我雖然武器很少，但是可以輕鬆地移動，比起其他人能夠走得更遠。**最後，我了解到這才是我自己的個性。不論在哪種行業，都可能會有「應該要這樣」的社會觀念，但是我認爲藝術領域的條件不同。所以，**如果你曾被說過是個「怪人」，那可能是藝術世界在呼喚你的信號。**

比起朋友的生日，我更殷切盼望漫畫最新刊發行日的到來。

「長久以來，真的太承蒙您照顧了！」——香吉士，《航海王》

我的人生方向總是漫畫幫我做決定的。那是在我國中時期的事了。同學都在準備高中入學考試，拚命刻苦學習時，我不是在忙社團（軟式網球社），就是在忙著看漫畫。先前有提到，我的學校成績不算好也不算壞，一直到高中爲止，我的成績其實從後面數上來還比較快。當時的我並沒有特別想上的高中，老實說，如果可以不用考試就入學的話，其實哪間學校我都可以。但沒料想在突如其來的教師、學生、監護人三方面談中被問到畢業後的出路時，我脫口而出讓人意外的回答：「我想去料理學校。」我趁勢追擊，充滿熱情地訴說我的夢想：「我也想做料理給父母親吃」、「我的目標是將來開一間自己的餐廳」。我無法忘記當時老師大吃一驚的表情。但是，**實不相瞞，我真正的夢想是想成為漫畫《航海王》中的香吉士。**

●「這些小小的絕望堆砌起來，才會讓人成長。」

——七海建人，《咒術迴戰》

當時我所謂的料理經驗，指的是在國中時期家政課時挑戰做章魚燒。果然，像香吉士那樣「我想要找到蔚藍海域（All Blue）」這種報考動機，我還是說不出口。但不知道是不是有說謊的天分，我居然順利考上了。於是，我在位於東京都世田谷區擁有美麗校舍和超小運動場的駒場學園高等學校的高中生活就這樣開始了。

戴上不熟悉的廚師帽，收到好像一流料理人使用的刀具五件組後，料理課馬上就開始了。我的同學盡是父母親在經營餐廳的強者，或是從孩童時期就開始獨自學習料理的學徒。他們的經驗值及熱忱和我全然不同。最重要的是，他們是認眞以成爲料理人爲目標（雖然這是非常理所當然的事）。在入學幾週後就舉行的技能考試，我至今依然無法忘記。老師公布的考試內容，是料理人的基本技能魚的「三片切法」。同學紛紛鬆了一口氣露出「考這麼簡單啊」的表情。本來最應該要感到驚慌失措的我，竟然到考試前夕都一直在看漫畫。直到前一天才提起勁，懷著「臨時抱佛腳」的心態，在築地市場買了練習用的竹莢魚。回家後本來打算要練習，結果沒想到竹莢魚還是硬邦邦的冷凍狀態，菜刀根本切不進去，結果我在完全沒練習的情況下就迎來考試的日子。

•「如果現在就放棄，比賽就結束了。」——安西教練，《灌籃高手》

考試當天，我的心境是這樣的：「我的座號是六號，前面我至少還能看到五個人切魚的步驟，我再模仿他們照著做就好了。」然後，坐到座位上後老師說：「今天是六號，所以六號小林！請到前面來」。那個時候的絕望感，我無法用文字形容。結果我的魚的「三片切法」，變成了魚的「切碎法」（面目全非），但最後是用「因爲第一個考會緊張，所以沒辦法發揮出實力」這樣的解釋矇混了過去。說個題外話，當初學習劍道也是我在看完漫畫《神劍闖江湖》之後開始的。至今爲止我人生中的重大抉擇，確實都是受到了「漫畫」的啟發。此外，從我的角度看來，周遭的人都太過認眞了。當然，認眞是一項優點，但我認爲偷懶的技巧也超級重要。這次料理學校的事件是個例外，有的事情因爲偷懶才能維持住進行的步調，更能在不會受到嚴重損傷的狀態持續下去。而可以完美分配行動節奏，精神也不會受損的人遲早會成功。我並不是鼓勵要一直偷懶下去，**而是當努力過頭身心快要崩壞前，該偷懶的時候就要偷懶。**大家一起巧妙地偷懶吧。

宅

我想盡情地說說漫畫與動畫的魅力所在。首先，想聊聊存在於那些角色們的生活態度。在動漫裡，想當然耳，從第一集到最後一集，會描繪各式各樣來自不同背景角色們的「成長歷程」。有的角色，在年輕時就失去朋友或親人，在夥伴的幫助下逐漸成長；有的角色，是突然迷失在神祕的世界；有的角色，被捲進各種戰鬥中，卻仍然會幫助他人。其中，也有人接連不斷地發生不幸，而涉及犯罪；也有嫉妒成功人士而內心黑化之人。雖然這些是寫實文學裡面才會有的情節，但在動漫這個「無極限」的世界當中，每個角色的人生全被天馬行空、有趣又怪誕地描繪出來。也就是說，動漫中發生的事情，與現實世界並無太大的區別。的確，人類無法從手中放射出火焰、無法以翅膀在空中飛行。但是，一個角色與夥伴互相彌補彼此的缺點，共同向前邁進的姿態，絕不能說與現代社會上的人們毫無關聯。人能從別人的故事中學習到很多事情。相同地，從動漫中也能得知意想不到的創意和未曾體驗過的感情。相繼看過幾部動漫後，我認爲其中有幾個共同點，因此想把它記錄下來。

「島嶼就是為了出走而存在。」

「與其改進缺點，不如努力發揮所長，效率更好。」

「逃跑也沒關係，但有時必須要迎面作戰。」

「即使一本正經地生活，也未必能有所幫助。」

「不論是多好的人，只要一絲不苟努力下去，總會在某人的故事中成為壞人。」

就像這樣，動漫偶爾也會與現實世界有所連結。而那個連結的瞬間，總是讓我著迷。單憑一張很薄很薄的紙就能改變自己的常識。長大成年後，想要相信大家卻信任不了。於是，試圖裝作什麼都聽不見，沒想到眞的連自己的聲音也聽不見了。信任的心情，就是這麼脆弱又珍貴的東西。是自己內心深處的聲音。不管如何，在這世界上一定有人能感同身受自己所感受到的快樂。這正是動漫所告訴我的重點。

P.S. 我在看動畫時，時常是以「一・五倍速」的設定觀看。這並不是因爲內容很無聊，而是因爲我內心懷有一種變態熱忱（或貪婪？），想在活著的時候，盡可能地多看一部故事。這件事情如果和朋友說的話會嚇到他們，所以我對動漫的愛就說明到這裡吧。**我認為人只要有喜歡的事情，人生就會變得比較輕鬆。**而我是只要有動漫，幸福就獲得一半。只要動漫的文化存在於這世上，我就會很幸福。

07 國家的名字

現在我想寫一下在我的人生故事裡已經變得不可不提的「臺灣」。我第一次注意到這個國家的名字，不是從朋友那裡聽來的，也不是從學校學到的，而是從東日本大地震發生後的電視上。當時的影像不是介紹臺灣美食，而是一個募款活動的內容。那時的我只是粗略地知道「世界上有某個我不知道的國家正在爲日本進行募款」，也不知道它在世界地圖上的哪個位置。二〇一一年三月十一日發生東日本大地震那年，也正好是我大學畢業的那一年。就讀學校所在的千葉縣浦安市創下五級強震的紀錄。由於這個地區是海埔新生地，土壤發生液化現象（地基變成液體狀態，海水和沙子從地面上流出），受到了極大的破壞，被認定爲災區。畢業典禮被取消，我們不得不開始漫長的假期。**那時的感覺並不像「颱風來了，學校停課，大家一起開心地放假」，而是即使休假了卻什麼事也做不了。**原因是連續幾天從新聞看到，東北地區的交通和住宿都被破壞了，到處都是沒有地方住和沒有食物吃的人。整個日本的各種活動幾乎全被取消，全國進入了「自肅時期」。這時，母親跟我說了一句話。

「如果有空的話，你也可以向臺灣表達一下感謝之情呀。」

這是我與臺灣的第二次接觸。我的母親是一位歷史老師，她簡單地向我講解了臺灣與日本之間的歷史，以及臺灣與其他國家的關係等等。通常我聽到這樣很難懂的淵源並不會有太大的感動，但當時因地震而感到心靈空虛的我，卻不禁悸動了起來。我開始在網上搜尋「臺灣、特色」等詞彙，從一些粗淺的東西開始一點一點地學起，比如臺灣距離日本非常近、日治時期的故事等等。幾個月後，我大學的學長聯繫我說：「我們有四天假期，要不要去國外走走？」我說我想去臺灣，學長回答說：「臺灣？不知道那是哪裡，不過去沒人會去的地方走走也不錯吧。」儘管這句話很失禮，但他同意了我的要求。

「提到臺灣當然就是九份！」

我們在一無所知的情況下就啟程前往臺灣。我第一次漫步在臺灣，看到了全是漢字的招牌、驚人的機車車陣、每晚都像舉辦祭典一樣的夜市，還有炎熱的陽光和美味的芒果冰。的確是一個只有在國外才能體驗到的異世界。然而，當我結束這幾天的臺灣旅行回國時，我心想：「我不會再去臺灣了。」原因有好幾個，但最主要的原因是，我非常受不了炎熱的天氣。「天氣這麼炎熱，還不能在捷運上喝水？」我感嘆這個陌生的文化。此外，由於連續幾天都吃油膩的臺灣美食，我人生中第一次經歷了腸胃不適，精神受到打擊。然而，第一次造訪臺灣後，我在日本與臺灣人結下各種意想不到的緣分，最終在二〇一六年決定前往臺灣居住，開始了我人生中最大的迂迴。

改變環境會帶來不同的邂逅。不同的邂逅也會讓自己發生變化。隨著認識的人越來越多，想要做的事情也逐漸增加。創造發想事物完全取決於相遇與時機。我認爲，當實行一件「如果沒有去做，可能臨終前會後悔」的事情時，那就是幸福的時光。**我猜想，大多數人臨終的時候，應該不會再想著金錢，而是更可能想著「我應該去那個地方旅行」、「我應該多與某人說說話」，或者「我好想再見到某人」**。因此，那時的我突然買了去臺灣的機票。現在回想起來，我認爲那是一個正確的抉擇。我的行動力和不會思考太久的能力，就是我的武器。

姊妹鐵路
SISTER-RAILWAYS
阿里山森林鐵路
SINCE 1986
大井川鉄路

08 聽說我好像成為了一名作家

人生就像是人與人之間的邂逅，完全不知道會與誰相遇。例如，我到二十八歲時才發現自己喜歡寫字。回想我的學生時期，我超不認眞，無論是電器產品的使用說明書或是報紙上的文章，我甚至連一本小說都沒有讀過。但是，受到在臺灣生活時所經歷的艱辛經歷影響，讓我對文字的思考方式帶來很大的變化。日本的新聞經常介紹臺灣是「親近日本的國家」，我也的確能從網路上和私底下朋友的相處間深刻感受到兩國國民間深厚的信任。

然而，臺灣與距離日本半個地球的巴西相同，都是「外國」之一，沒有差別。無論去到哪個國家，一定會遇到一堵高牆阻擋在前，就是用其他語言進行交流溝通。討厭學習的我，花了相當長的時間，才能與臺灣人正常地進行溝通。首先，中文（繁體字）一個發音不同，意思就會完全不同，這對於不善記憶細節的我而言相當不友善。即使我認爲自己的發音已經和臺灣人完全相同，卻仍經常得到回覆：「蛤？」這讓我的心裡很受傷。這種時候，唯一能夠記錄我心情的就是文字。由於臺灣和日本有共通的漢字，只要寫成文字，大多數的事情都可以傳達給對方，對方的回覆也幾乎都能看得懂。所以我想要將與人交談卻因語言能力不足而無法說出口的事情，整理記錄到筆記本上。

這是一種像是從0轉換成1的重大改變。

然後，就誕生出了「至今從未接觸過文章、無詞彙能力作家」的我。

我喜歡的文章，是「容易閱讀」的。即使像我這樣詞彙量不多的人也能夠流暢地閱讀的文章，在某種程度上還是需要技術。用難懂的單字和簡潔的表達確實很酷，有時候確實也需要這樣的知識，但對我來說，不適合自己的東西終究還是無法持續下去的。總結來說，**不論是攝影還是以作家身分**

所寫的文章，重要的是「能被允許不知道正確答案」這件事。「不知道」這件事是確實存在的。我認爲不管什麼事情都要講求好或壞、YES 或 NO、擅長或笨拙，這樣的「二元論」很無趣。**偶爾在無法明確回答的曖昧不明上，才能感受到人性。**不論是在職業上還是在自己工作的做法上，都存在著無法一言以蔽之的多種型態。在痛苦掙扎、試圖表現自己的人身上，有一種奇妙的魅力，能讓人留下深刻的印象，這種**能留在他人記憶中的能力，也是一種才能。**的確，合格、不合格，暢銷、不暢銷，在這個世界上有各種不同的價值標準。但是，我認爲理想的道路，是全心投入而不去過多考慮失敗。

09 沒有我存在的世界

我想介紹一個關於這本書誕生的一段小插曲。「我絕對不寫關於自己的書。」這是我以前曾堅決發表過的宣言。實際上，到目前爲止我所寫的書裡，都沒有寫過關於自己的想法或目標等事情。那爲什麼這次我決定挑戰呢？除了因爲我很容易改變想做的事情，所以無法對自己的發言負責之外，我覺得可能是因爲我「開始意識到死亡」這件事（等等，並不是那麼沉重的話題）。根據我的經驗來思考，當人活到三十四歲，都已經有過不少重大傷害、事故、與朋友和家人分離等經歷。此外，每當電視、報紙上的新聞不斷播放衝突事件等報導，都讓我越發覺得死亡離自己近在咫尺，自己的想法也隨之一點一滴逐漸發生變化。**直到現在的年紀，我終於開始思考「沒有我存在的世界」。**

我並沒有完成什麼豐功偉業，也沒有對社會做出特別的貢獻。說到底，希望大家在我死後要記得我，是不是太任性了？是否要先寫好遺書比較好？是否要將心願先傳達給別人知道，我希望墓地能像祖母一樣選在能看見大海的地方？如果死後靈魂出竅，我想看看來參加我喪禮的人（笑）。我一邊從飛機窗口望著雲海，一邊想著這些無聊的事情。然後那時，我無意識地拿起放在前座的宣傳手冊，心裡突然有了一個念頭。這麼說來，我還有自己寫的「書」。在我死後，在世界的某個地方，我所見的風景和我的想法被紙張承載，繼續存在著。這感覺好浪漫。這樣微小的發現，激發了我現在寫下這段文字的動機。這本書中裝載我滿滿的回憶。也不是說我下了多大的心力，只是，它讓我回想起當初在書店看見自己的第一本書時那份無法言喻的感動。

我想感謝所有的相遇與離別，並期待有朝一日，「我的人生」這株新芽，能夠開出美麗的花朵。**邁步向前直到綻放吧。**

FDNY
PARAMEDIC

我先道歉。我會挑食，對不起

這段的主題，直截了當地說，是關於我挑食的話題。以前我曾在被採訪時誇口說：「我要舉辦一個以挑食爲主題的演講」。總之我從小時候開始就有很多不敢吃，不對，應該說是不想吃的東西。絕對不是因爲過敏的緣故。去了臺灣之後，我不能吃的領域就變得更廣了，因爲每一次和誰吃飯時，都要向對方解釋是非常麻煩的，所以我在這裡記錄下來，計畫以後就只要說「請詳閱此頁」。我想先告訴大家，食材們完全沒有錯，有些人就靠這些食材維持生計，閱讀時請不要忘記，這只是我的個人主觀感想。此外，食物剩餘是很浪費的行爲，所以如果挑食的話，請事先要求對方不要加入那項食材，或者與朋友交換。

「只有香菇這輩子絕對不可能吃。」

我上輩子肯定曾經與香菇發生過什麼過節還是什麼麻煩事。這輩子，只有香菇，我是無論如何都無法接受的。奇怪的是，我卻非常喜歡其他菇類（如杏鮑菇、舞茸、金針菇等），但不知道爲何，在日本火鍋料理中放的，切有叉號，具有攻擊性的茶黑色香菇，無論是外觀、口感還是味道，我全部都不能接受。

「依據蔥的大小和硬度，分成可以吃和不可以吃。」

在談論挑食時，非常麻煩的是，根據食材的烹調方法可能會有不同的回答。其中具有代表性的就是蔥。下面就舉例介紹一番。首先是「不會讓人感到味道或口感強烈的小蔥是ＯＫ的」。其次是洋蔥的可食性「視硬度而定」。如果是生的、清脆的狀態就ＯＫ，但是如果加在湯裡或者炒到變軟的情況就不能接受。所以，像是味噌湯或牛丼中味道已經滲入的軟洋蔥是不能接受的。我現在到底在這裡分享些什麼啊？

「臺灣人推薦的料理當中，有八十％我都無法接受。」

這句話可能會影響我未來的活動發展，但是除了某些肉類料理之外，我不喜歡臺灣常用的香料「八角」的味道。但是，我非常喜歡刈包和紅燒肉。確實，臺灣被譽爲美食天堂，許多日本人喜歡臺灣料理。也有不少臺灣人會說：「臺灣的魅力在臺灣料理。」然而，對於已在日本生活二十年以上的我來說，臺灣是充滿各種奇怪食物的國家代表。例如：有一道料理叫作鴨血，是用動物的血液做出來的。會吃血的，我腦中冒出的答案只有電影中的吸血鬼德古拉；雞爪這道料理的外觀看起來就像是恐怖電影裡的小道具；而臭豆腐的氣味具有能夠改變我原先行走路線的力量。究竟我是從什麼時候開始，害怕臺灣人推薦臺灣料理時那單純的笑容呢？

GINO'S
BRICK OVEN PIZZA

11

我的理想親友，竟然是俄羅斯人！

也許有些人已經知道，我超好的親友是來自於俄羅斯的莫斯科人，他的名字是Victor Kurepenkov。我們是在臺灣師範大學的語言課程中認識的。雖然我們在不同的班級（我是初級班，他是中級班），而且當初他為了想認識我的一位女性日本人同學，才先向我搭話的。眞差勁。雖然最後這段戀情無法實現，但在與他的交談中，我們發現彼此的波長一致，所以開始經常一起玩耍。開門見山地說，他是一位「非常奇怪」的人。讓我印象特別深刻的事情，第一件是在他的字典裡，「連做表面功夫的『表』字都沒有」。即使是和朋友們一起吃飯，只要覺得累了，他就會毫不猶豫馬上離開。即使大家事先準備了驚喜生日派對，在等主角到來前，他也會拋下一句「肚子餓了」，就馬上離開。他不會在意其他人的感受，眞的是

Going My Way。他的突發行動和言論，一開始對我來說常嚇到心驚膽顫，但對於從小接受注重禮儀的日本文化教育的我來說，他的言行非常有趣，也讓我心情感到舒暢（笑）。每個人對於朋友的要求應該都不同。但是，對於身爲日本人的我來說，像他這樣「不配合別人」的人非常珍貴。

回顧過去，身處在某種持續緊張的國外生活中，他那旁若無人的發言，無疑是我的心靈慰藉與寄託。當環遊世界時，你有可能會在意想不到的地方找到終身的心靈好友。這是旅行最美好的樂趣。即使是流言蜚語不斷的人，又或者會在背後說你壞話的人，與他們交談之後，或許會有一些新的啟發（雖然通常沒有什麼特別的期待）。這樣思考的話，即使是微不足道的相遇，也有其重要的意義。

對於人際關係方面，我想對現在的學生們傳達的意見就是「愼選朋友」。與一個人要建立友誼需要大量的時間、感情和努力。而朋友對你的思想、行爲和生活都會產生莫大的影響。如果你選擇錯誤，不僅會浪費大量的時間，還可能會產生許多不良的影響。多結交值得尊敬的人當朋友。**朋友的品質直接關係到人生的品質。**但我不推薦 Victor！（笑）

人生的迂迴

新冠疫情期間，絕對是我目前人生中最長一段時間的一人旅行時光。我花了大約八個月的時間環遊日本，總之，所有的事情都由我獨自完成。開車、用餐、攝影都是一個人。數千公里的移動、處理汽車故障的意外事故、被壯麗景色感動的瞬間，基本上不論做什麼事都是一個人。

35,064小時

喜歡非現實世界的我，在現實生活中也經常思考一些非現實的事情，像是「如果從天上掉下來一億日圓」、「如果有任意門（哆啦A夢的道具）」等，我的大腦就是宇宙。有位記者似乎理解到我是這樣的一個人，曾對我問道：「如果有機會回到過去，你想回到多久以前？還有，你有什麼話想對比你年輕的世代提醒呢？」

我立刻回答：「我希望能回到高中。」因爲我想選擇不讀大學。

從結果上來說，我大學的時候眞的很開心。每天晚上和學長們一起打電玩、去神奈川縣橫濱的大棧橋看夜景、從東京開九個小時的車去京都的清水寺吃蕎麥麵吃得大快朵頤、學分低空掠過，和朋友一起開懷大笑。我的大學生活充滿了校園劇中所描繪的那樣青春的回憶。**只是，當有人問我「在大學學到了什麼」，我驚覺自己什麼都沒有學到。**突然有一天，我想到在那四年非常漫長的大學時光中所付出的時間與學費，與我所獲得的經驗值根本不成比例。我知道這個想法很奢侈，但如果選擇不同的人生規劃，結果可能就會變成我後悔「當初應該要上大學」。

那麼如果，我能回到過去，要做什麼呢？答案可能有點普通，就是更早「去接觸世界（出國旅行）」。

例如：嘗試去澳洲打工度假兩年。在那裡的農場或牧場邊工作邊存錢，同時學習英文，去澳洲國內和周邊各國，如紐西蘭等地悠閒地旅遊。然後，巡遊帛琉和新幾內亞等南亞周邊的各個國家，並接觸宗教、島嶼的民俗文化以及各國的語言。如果在十幾歲時能有這樣的經歷，那麼在二十多歲時，一定能看到更加廣闊的世界。結果，後悔萬分的我，幾乎沒有什麼能自信對年輕世代說的話。人生就是不斷地「強求得不到的東西」。用自我啟發的思考方式，可能會說出「年齡不是問題。不管到幾歲，沒有什麼是辦不到的」這樣的話鼓勵年輕人。但是我事實上不這麼認爲。因爲，隨著年齡增長，內心中曾經非常渴望、嚮往的東西，都會一一逐漸死去。

02

改善缺點的對策

我經常在想：「我想要更多的行動力。」確實，我曾去過許多國家，也有在國外生活的經驗。從他人的角度，或許會覺得我是一個具有行動力的人。然而，跟我的理想相比，卻遠遠不夠。我還沒有預約一直想去的餐廳、手機使用了好多年還沒有換新、有很多想買的衣服卻只是看看。我有想學的語言和攝影知識，還想去距離東京二十四小時車程的東京離島——小笠原諸島，更想記錄非洲等地區原住民的生活（遠遠觀察就好）。然而，不能實現這些事只是因爲「缺乏行動力」。我已經老了。把年齡當作藉口感覺超遜的。但是，這樣的藉口是最簡單的，所以大家用這種方式說服自己。其實是在逃避而已。

然而，**我知道提高行動力的一個好方法，那就是從「死亡」中獲得。**是不是太過意外？接下來讓我稍作解釋。

直到現在，我一直認爲自己缺乏行動力的明確原因，就是我認爲「接下來自己還能健康且安穩地活十年、二十年的時間」。你呢？你是否即使對現況和社會多少有些不滿，但仍覺得自己好歹也能活到七十歲左右呢？是否因此總是將或大或小的「現在想做的事情」往後推延了呢？在臺灣和日本生活的我們，經歷過大規模的地震災害，也經歷了新冠疫情。我們這一代雖然沒有體驗過戰爭，但在某種程度上都會置身於自然災害的威脅下。再加上，明天我們的腳或腰說不定會狀況變差或行動不便。又或者爲了照顧突然因病倒下的家人而無法外出遠行。我們很容易遺忘自己無法保證明天會平安的事實，而最終導致了行動力下降的結果。

那麼，當我還是學生，沒有什麼錢的時候，卻能毫不猶豫一個人去歐洲旅行幾個月的行動力究竟是從何而來呢？這是因爲，我曾有過「死亡」近在咫尺的感受。那並不是什麼特別的事件，只是一場在日常生活中發生的交通事故。從我搭乘朋友駕駛的車與大型公車相撞的那一瞬間直到我在醫院醒來，這之間的一切我沒有任何記憶。就是從那時開始，我的人生變得更加多采多姿。因爲出院以後，我開始能夠不加思索就付諸行動。

內心的痛點和弱點與忍耐的底線

要說讓人喜歡聽的話很簡單，我的確只在網路上發表正面的事情。這是否意味著實際上我隱藏了負面的部分呢？

答案是No。

一般應該會說：「我也很辛苦。工作總是很累。」這種讓對方有同感的話吧。因爲這樣比較不會讓對方感到不愉快或是內心受傷。這樣的我當然也會有壓力。然而，這些負面情緒都是來自於私底下生活中無法避免且短暫偶發的事情，比如店員的態度極差、電車上有人用大音量聽音樂等，這種事的壓力程度睡一覺後就會忘記。

讓人煩惱的三大因素：工作、人際關係、社會，這些都可以從自己的立場去解決。而且原本容易讓人煩惱的「工作」方面，我可以做到「能適度釋放壓力」的理想循環。我之前有過九年左右的社會工作經驗，不過當公司規模越大，就越重視每個人的協調性，同時，每個人的行爲舉止也容易產生摩擦。即使有向心力，仍時常讓我感到費力勞神。

「人際關係」方面，如同我在第一章所述，我並不抱持期待。這裡再從自我分析來看，說好聽點是我「善於社交」，說不好聽的是我「對他人漠不關心」。例如：朋友的失戀話題等，我沒有辦法設身處地好好傾聽。因爲我不習慣把事情想得太深，所以除了「不喜歡的話分手不就好了嗎？」之外講不出別的安慰話語。但是，**對方所尋求的大多都不是這樣的答案。**對於別人的煩惱，也就沒有幫對方增加更多的抒發選項，簡直是全世界最不適合當傾聽者的人。

最後，我和追求「平均」或「普通」的社會不太有交集。看手機時，自然而然跳出的那些現今社會中盛行的新聞話題（藝人婚外情、離婚等八卦），我幾乎都沒興趣。這是因爲我很難理解有人會對「自己人生以外的事情感到喜怒哀樂」。也許是因爲已經習慣了動漫中帶有強烈刺激性的世界觀，所以我只會冷靜地覺得「嗯，這種事情也見怪不怪了」。一直以來我與外部世界保持距離生活到現在，可以想見達到痛點或是踩到底線之前的痛苦經驗或記憶，我根本沒有放在心上。

如果有什麼討厭的事情，我會在內心說服自己：「到目前爲止的人生，我出生在幸福的家庭，身體也很健康，就算遇到什麼困難，一定是老天要考驗受到眷顧的我。」即便如此，我仍然時常一邊想著未來可能會遇到很多辛苦的事情，一邊在努力生活著。像這樣正面與負面的情感混合在一起，才是眞正的我。

在活動時，有不少粉絲稱讚說：「你好有個性。」

但老實說，我覺得自己完全沒有個性。因為我只會這樣的生活方式，並不是出於努力。如果有人看到而感興趣或是覺得有趣，只能說我很幸運。

04 我的人生暑假

全世界大受新冠疫情影響的期間（以下稱爲自肅期間），大家都是如何度過的呢？無法出國的體驗，從過去的歷史來看也非常罕見。然而，幸運的是，疫情對我帶來的影響，不只有不好的一面。這段期間我也獲得了珍貴的體驗。

在自肅期間，日本全國的觀光地，國內的觀光客大幅減少。禁止國外觀光客入境後，基本上飯店的預約全空蕩蕩的，因此可以自由選擇住宿的地方，住宿費也變得非常便宜，日本政府甚至還提供了旅行補助金。此外，我覺得飯店整體服務也變得更加周到（笑）。我在日本各地攝影時，本來應該大排長龍的觀光地，完全沒有團體觀光客和排隊隊伍。京都府清水坂和鳥取縣鳥取砂丘等原本因爲觀光客而人潮洶湧的地方，那時看來卻展露空無一人的日本魅力，這是非常珍貴的體驗。我把這三年視爲「**人生的暑假**」，當中包含了「專心一意並竭盡全力完成（拍攝）」、「結束後的空虛感」等。

這段自肅期間，絕對是我目前人生中最長一段時間的一人旅行時光。我花了大約八個月的時間環遊日本，總之，所有的事情都由我獨自完成。開車、用餐、攝影都是一個人。數千公里的移動、處理汽車故障的意外事故、被壯麗景色感動的瞬間，基本上不論做什麼事都是一個人。也許有的人會覺得這樣很孤單。但對我來說，這段時間卻是我最心愛的時光，直到最後我都捨不得結束。這是一個能與自己長時間對話的美好暑假。

我出生於這個家庭

家人時常出現在我的社群網站上。我不清楚一般家庭的情況，但我覺得小林家的關係很好。在去臺灣之前，我是一個人生活，相隔五年回國之後，才開始回老家生活。三十四歲還在老家生活，在日本應算是少數。平時我們經常一起吃飯，雖然姊姊和姊夫住在千葉縣，但是她也經常回來東京的老家。日常雖沒有明確規定，但我們都會分工合作。我負責清洗浴缸，父親負責做飯，母親負責打掃房間等等。二〇二三年，我實現了一個想要在有生之年達成的願望，那就是**「臺灣家族旅行」。如果沒有實現，我一定會後悔，能實現真的太好了。**

家人眼中的我，是「最難以理解的人類」。

千畳敷カー

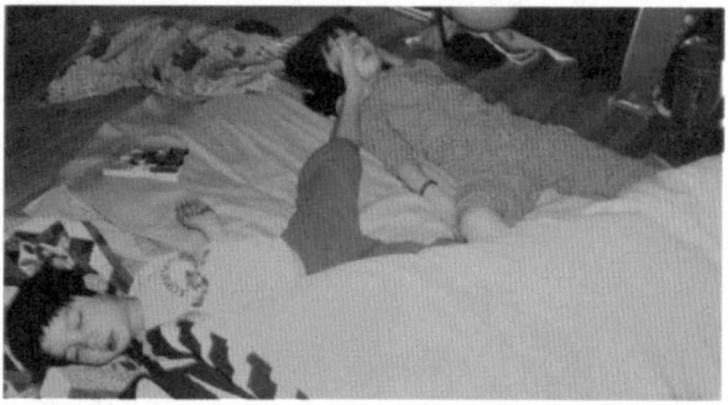

我的家人全是前公務員，性格上都非常穩重。他們應該根本不會考慮選擇像我這樣不穩定的自由業。除了我之外，小林家的人基本上都是個性勤勉，積極助人，我就是在一個重視正義感的家庭中長大的。

我的姊姊之前是一位褓姆，她現在除了照顧小孩，也一邊像我在做攝影師的工作。她運用褓姆的經驗，成爲一名專門拍攝小朋友的攝影師。因爲姊夫轉調工作的關係，她們全家住在美國的時候，她開始嘗試拍攝全家福合照和小朋友的人像照，沒想到意外地拍得很好。聽說在我還是嬰兒的時候，她非常照顧我，會幫我刷牙、換尿布，是很會照顧弟弟的姊姊。姊姊的成績比我優秀，是管樂社的副社長，不僅對長輩，對同年級的人也非常有禮，處處受到老師和鄰居的信任。

根據我父母親的說法：「因爲我們嚴厲教育先出生的姊姊已經很累了，沒有精力照顧你，結果你就變成了這樣的自由人（笑）。」只能說，生在這個家庭，才有現在的我。小孩會試圖展現出自己的優點，也是為了報答家人的恩情，這是自然的法則。

06 淚水的滋味

只有我知道自己是一個「超級愛哭鬼」。看電影的時候，一感動就馬上掉淚。在衆人面前我不會哭。我絕對不想被別人看到一個人待在房間裡進行「宅活」（御宅族活動簡稱）時嚎啕大哭的模樣。

我記得最近一次哭是在看英國的電視節目《英國達人秀》（Britain's Got Talent）其中的一幕。這個節目因爲選秀歌手「蘇珊大嬸」（Susan Boyle）的參賽而廣爲人知。她出身於鄉村，夢想成爲歌手，後來因節目而打響名聲。這個節目應該已經很有名了，是一個著重在參賽者「才能」的選秀節目。每位參賽者在表演前，都會先做簡單的自我介紹，在這短短幾分鐘內，每個人所講述的故事都非常感人。有些表演者，在那段簡短的自我介紹當下，就已抓住觀衆的心。之前讓我哭的是一位名叫「夜鶯」的創作歌手。她是第四期的癌症患者，站在那個舞台上，卻絲毫沒有悲觀的情緒，表現得揮灑自如。她的自創曲〈It is OK〉旋律一下，讓評審、現場觀眾以及全世界的節目觀眾深深著迷。我當時看到她的表演，眼淚不知不覺地潰堤。這個節目給予我許多啟發，例如：「表演者的人生背景」、「評審員們的用字遣詞」。

哭泣眞的很奇妙。

到底是身體的哪個機制，讓人在情緒高昂時眼睛流出水來呢？很有趣的是，根據情感的種類，淚水的「味道」也會發生變化。據說當感到快樂或悲傷時，副交感神經起主導作用，這時的淚水像清水一樣；而當感到遺憾或生氣時，交感神經起主導作用，這時的淚水味道是鹹的。每當哭完回過神後，總是有種心靈和精神返回原點的感受。人類的構造非常神祕，難以理解，所以我打算放棄繼續思考這件事。

07 在兩小時的世界中

從前面文章的主題中，能了解我是個很容易受到影響的人。其中，特別會觸動我的，就是電影。我不會選擇特定類型的電影來看，我會觀賞時下討論度高的熱門作品、朋友推薦的，以及預告片引起我興趣的作品。

我喜歡的電影特色是**「看完後會影響自己思考方式的電影」**。

我首先想到的是迪士尼的動畫電影《可可夜總會》。這部作品以「死後」爲主題，背景設定在墨西哥的「亡靈節」慶典。這是實際會在墨西哥全國舉辦的慶典，每年的十一月一日～二日這段時間據說是亡者的靈魂回家的日子。亡者的家人會在已經深植於墨西哥文化當中的「祭壇」上擺放裝飾，用色彩繽紛的剪紙旗幟（紙雕作品）（papel picado）、骷髏娃娃，以及鮮橘色的金盞花點綴。（補充說明一下，對於喜歡的電影，我會有調查電影背景的習慣。）在日本，也有像盂蘭盆節等與亡者見面的日子，但卻總給人陰暗的氛圍。雖然有「親友相聚」的習俗，但絕對不是「慶祝的氣氛」。在兒童時期和青少年時期安排的假日掃墓行程，氣氛都有些沉重吧？但是，在墨西哥，人們卻是在音樂響亮、色彩繽紛的街道上迎接亡者。簡單來說，這只是文化上的差異，但光是了解這個慶典的存在，就讓我面對死亡的恐懼產生轉變，眞是了不起。在《可可夜總會》這部作品中，令我印象深刻的台詞當中，有一句是：**「眞正的死亡，是世界上再沒有一個人記得你。」**（《航海王》的Dr.西爾爾克也曾經說過這句話。）換句話說，只要還有人記得，那個人就會永遠活在這個世界上。這個想法讓我深受感動。

還有，在電影中有出現，透過「照片」來喚起某個人回憶的場景，這點令我印象深刻。身爲一個經常拍照的人，我感到很開心。看完電影後，「掃墓變成了一段重要的時刻」。這個轉變發生在電影播放的兩個小時內。

讓我不禁讚嘆，電影眞的是非常厲害。另外，我喜歡的還有《親愛的艾文．漢森》、《令人討厭的松子的一生》、《寄生上流》、《小丑》等，這些電影都是以霸凌、悲劇、絕望爲主題，絕非樂觀光明的故事，一想到「可能實際上正發生在某個人身上」，就深深震撼觸動我的心。

08 MY SPEC・個性

關於我的特殊能力，我從沒對任何人說過。雖然這屬於國家機密，但我想記錄下來。那就是「方向感」。這應該是我在學生時期去國外背包旅行時學會的技能，時常邊思考東西南北邊行動。當時的我比較節儉，當我在貧困旅行時，連 SIM 卡也沒有買，在不使用手機的狀態下，行走在陌生未知的土地上。那時最重要的是「看地圖」與「事前調查」。當然，直到現在我也經常向路人問路，大多數時刻我都在沒有網路的環境下行走，所以方向感非常重要。必須要特別記住曾經走過的地方，比起人，我通常會比較關注街道風景和自己行走的方向。我會利用太陽的動向來辨別東西方，仔細觀察地圖和街景。但也有例外，就是在新宿站和池袋站時，我腦內的羅盤會失靈。

另外，我在小學六年級時，曾經在單輪車比賽中獲得過冠軍。當時我隨手拿了姊姊的單輪車玩，玩上手後就打算參加地區性比賽試試看，結果竟然就贏得冠軍。我很擅長像踩高蹺之類保持平衡的運動。還有一項不確定是否算是特技，就是我曾經在骨牌比賽中拿過冠軍。這場比賽，評審會根據在有限的時間內能擺放多少骨牌、發揮多少創意和下多少功夫來評分，能拿到冠軍眞的是意料之外。另外，我擅長下將棋，也喜歡益智遊戲，只要喜歡，我很快就會精進到一定程度的水準。不過，就像劍道這般，我很容易在縣內比賽中獲得幾次冠軍後，便突然感到滿足然後放棄。正如前面的文章所提到的，我「容易感到厭倦」，是一個易熱又易冷的男子。但是，我很喜歡自己這種隨機挑戰的特質，因爲**在這不可預測的時代中，在社會與自己之間取得供需的完美平衡是件很困難的事。**無論如何，從各種角度和方向去探求，然後在其中被「某人」或「社會」發現，也是不錯的。

09

鳥類是神祇

☆

除了喜歡鹿之外，我還嚮往另一種動物，那就是鳥。或許是因爲我有養過鳥，又或許是其他的原因，我也不太淸楚爲什麼。這種愛好甚至反映在漫畫中。在這裡我想說說JUMP COMICS的《我的英雄學院》。這部漫畫故事背景設定在一個總人口八成左右的人都擁有超能力——「個性」的世界，描述主角和他的同學們努力成爲「英雄」，保護人們和社會免受事故、災害以及濫用「個性」的罪犯者、敵人的傷害，以及他們的成長、戰鬥、友情的作品。

因爲我非常喜歡《航海王》和《X戰警》中超能力者之間的戰鬥，所以這部漫畫中的所有角色都是超能力者的世界設定對我來說是最棒的。我全心全意地尊敬的角色霍克斯是一位男性公安警察，他的能力是「剛翼」，擁有可以在空中自由自在飛行的能力。如果我能進入漫畫的世界中，「絕對會想要在天空飛翔」，所以從以前就比一般人更加倍喜歡鳥類或是長有翅膀的角色。此外，雖然霍克斯常散發著不耐煩的氣質，但無論身在何地，當與人交談時，卻很善於社交，八面玲瓏，這點真的超帥。實際上，他既是一名雙重間諜，也是一名「在幕後暗自活躍的實力派飛行角色」。他是我的偶像，也是我手機的待機畫面。我對其他漫畫角色也有一貫的喜愛類型和特質。一般而言，我傾向於「偏愛幕後推手更勝主角」、「使用弓箭等遠程武器」、「重視速度勝於力量」、「能力是風系・飛行型」。

在《寶可夢》中，我喜歡大比鳥。

在《火影忍者》中，我喜歡手鞠和天天。

在《獵人》中，我喜歡爆庫兒。

在《咒術迴戰》中，我喜歡狗卷棘。

在《鬼滅之刃》中，我喜歡時透無一郎。

在《航海王》中，我喜歡薩波。

有十個人就會有十個各自不同的喜愛角色，不需要模仿身邊的人。只要觀察其他人，就能更了解自己。「想成爲這樣」的憧憬，也逐漸反映在我的生活方式中（並不是說我想成爲雙面間諜）。這是二次元世界給現實世界帶來的有趣變化。至於後續，我希望將來有機會，再和大家慢慢聊。

來聊聊戀愛情史吧

我的初戀是在國中。對方和我並非同一個班級，而是在同一個軟式網球社，我們在不知不覺中兩情相悅，後來對方來我家時，在電梯大廳向我告白。我已經不記得我們分手的原因，只記得她在畢業前因爲和其他的朋友吵架後就不來學校了。不知道她現在過得好嗎？在和那個女生交往之前，我曾向同一個社團裡一個臉上有雀斑的女生告白，但被拒絕了。因爲是第一次失戀，所以我還記得當時受到了相當大的打擊。

到現在爲止，我大概交往過六個人吧，包含在高中時期料理學校的時候。

剛入學不久，我與一個總是素顏的純樸女生交往。她好像還有在女僕咖啡店工作過的經驗，是個很特別的女生。社團成員和同學們常常問我：「你爲什麼跟她交往？」我在這時逐漸理解自己喜歡的類型，好像和大家不太一樣。希望當時的女友不會看到這篇文章（笑）。在那之後，我和料理科的學妹順利告白後交往了。那是某次回家的路上，我陪她走到離她家最近的車站，在車站月台上向她說出：「我喜歡妳。請和我交往。」為了避免自己被拒絕，我趁電車快來的時候告白，打算萬一失敗了，就馬上上車逃跑（笑）。結果對方回覆OK，告白成功，從那時開始，她每天都會帶自己親手做的料理給我，我們會一起坐在圖書館前的地板上用餐。現在，她成爲了代表日本的女主廚，甚至被評選爲「世界五十大主廚」，我對她甘拜下風。當時我喜歡的類型是「文靜」、「不太講話」、「不敢直視對方講話」，像是有社交恐懼症的那種人。把這些寫出來，總覺得自己像變態一樣可怕。我很容易嫉妒，但不會表現出來，是一個很麻煩的傢伙。

我在臺灣談的第一段戀情，只維持了兩週。原因可能是因爲在交往兩週後，「（由於之前一直叫英文名字）我還記不得對方的中文名字」，而惹對方大發脾氣。其他的細節就請容許我不再多說了（笑）。

11 要結婚嗎？

重申一次，我目前的想法是不打算結婚。一談論到關於「結婚」的話題，可能會有非常多失禮的發言，所以一直以來我都盡量避免討論，但難得有這個機會，就在這裡說說吧。對於結婚我有兩個想法。

第一點，「感覺就算結婚了也遲早會離婚」。

我先解釋一下，我曾經喜歡過人。曾經在意過我喜歡的人的一舉一動，也會因嫉妒而全身顫抖，甚至在失戀時哭泣過。很意外地我談過幾段普通的戀情。到目前爲止，我交往過的人，同居兩年左右的那位應該是最久的吧。但到現在，我連一次都沒有想像過結婚相關的事情。

另一點是「結婚後變幸福的人極度少見」。

這兩個觀點大大影響了我的結婚觀。我再提醒一下，這些意見都只是根據我自己的想法和周遭身邊發生的事情所做的判斷，非常缺乏根據的分析。

結婚之後，一定會有一連串只有在家庭內部才能體會到、在生活中私底下才會發生的小確幸。但客觀來看，聽到已婚人士分享婚姻生活時，我真的不會感到「羨慕」或是「也想要那樣的狀態」。老實說，我對於婚姻有非常負面的想法。非常感謝的是，家人從沒過問我關於結婚的事。雖然很有可能只是因爲不太關心我而已。

對我來說，即使有想要結婚的人，也可以不登記，只要持續在一起生活就好。歸納我的想法，**「當不能失去的東西越多，人生就會越不自由」**。的確，人們會傾向於用數據來衡量幸福度，而「就業」、「存款」和「婚姻」

等方面就是判斷的依據。我的想法是，**沒有必要將社會認知的幸福和個人感受的幸福做比較**，所以也就沒有必要勉強自己去結婚。雖然我寫了這麼多否定的想法，但我並不是絕對不會結婚。也許幾年後我的想法會改變，也有可能會遇到那個無論付出多少犧牲，都想要一同共度時光的人。雖然有點難以想像（笑）。

我稱它為守護神

徽章

「稱讚一下自己也不爲過吧？」在獲獎的那一刻我這樣想。這是「日本台灣交流協會」的臺北事務所代表——泉裕泰先生頒發給我的，以作爲對臺灣與日本建立良好關係有所貢獻的證明。毫無疑問地，這是無價珍寶。

我喜歡看體育競賽，尤其是奧運會的頒獎典禮，運動選手站上頒獎台，被頒發獎牌的畫面，總是深深吸引著我。但是，身爲一名旅行作家兼攝影師的自由業者，通常不會參與競技比賽，所以我以爲除了學生時期之外，這輩子都不會有這樣的機會。直到某天，我收到了一封電子郵件。在那封信件的開頭寫道，目前爲止我介紹過的臺灣（各縣市的風景與原住民的文化），讓更多人對臺灣產生了興趣，並邀請我出席311十週年特展。我已經很久沒有像這樣激動到邊看著信件邊顫抖了。至今爲止，我並不是爲了誰才介紹臺灣，而現在，卻有人看到了我記錄的臺灣，並對此給予評價。

二〇一一年東日本大地震後，日本獲得了許多來自臺灣的支援，我就一直希望「將來有一天能爲臺灣盡一份心力。」如今，能以這樣的形式被認可，讓我感到非常榮幸，這是一份榮耀。徽章上的圖案設計，是日本的富士山與櫻花，背面還有畫上日本綠雉與臺灣藍鵲，是一枚充滿臺灣與日本特色、獨一無二的獎章。

簽名球

不僅在臺灣，就算在日本，我也很少關心演藝圈的事，所以基本上我從來沒有想過要任何人的簽名。而我之所以會珍惜簽名球，是因爲這些棒球來自於我的運動員朋友們。其中一顆是臺灣統一獅隊，背號5號的棒球選手郭阜林，另一顆則是日本西武隊，背號39號的棒球選手吳念庭。我

曾經去觀看他們的棒球比賽，無庸置疑地，他們背負著小朋友們的夢想。每當我看到這些簽名球，心中都會爲他們感到驕傲，也激發自己不能輸給他們、要更加努力的心情。此外，郭阜林選手給我的那顆特別的全壘打球，是我在臺南第一次看臺灣棒球比賽的那一天。那是他當年的第一支全壘打，也爲他的球隊贏得了比賽，他本人更獲選ＭＶＰ的榮譽。他在現場爲我簽名，還急忙邀請我上ＭＶＰ的頒獎臺一起跳舞，那分感動我這輩子都不會忘記。**從那時開始，當被要求簽書時，我也開始會慎重地簽名。**這些簽名球對我而言，意義非凡。

nippn
ECC
Hangzhou 2022

NUMBER ONE

認真只有在義務教育時才有價值

不論什麼事情總是抱持好學心態的我，現在對一件事情特別熱衷。那就是學會「影片的拍攝和編輯技術」。到目前爲止，我在攝影領域上，主要從事拍攝「平面攝影」的工作，**但我總覺得影片有種「把細節展露無遺的魅力」**。影片可以記錄現場的臨場感和大自然的聲音等，比如能夠從影像中看見風的動向，這些都是照片所無法傳達的。與拍攝對象之間的關係、構圖、光線、現場環境、人物，以及其他各種因素組合在一起，產生無限多種的變化。無法計算的特性，正是其純粹的魅力所在。平面照片還是會進行明顯的修圖，所以有很多風景和人物照片，都缺乏自然性和人情味（當然影片也需要進行編輯）。隨著時代的發展，二〇二三年，讓我越來越想要努力呈現出具有眞實感的影片。

和平面攝影一樣，我是自學影片拍攝，所以成長速度很緩慢。雖然每次編輯完影片後都有很多需要檢討的地方，但這種「以後還有很多事情需要學習的狀況」果然有趣。到頭來，影片也是一種消遣。但是，如果連消遣都無法認真看待，肯定應付不了終有一天會來臨的眞正挑戰。認眞只在義務教育階段有意義，在學校努力克服不擅長的事情，只是爲了考試得分而已。也只有對學生寬容的老師，會稱讚你是乖寶寶。但是，**在漫長的人生中，最重要的事情，是在一件事情上保持熱忱的態度。**

我希望這輩子都能把相機握在手中，所以花時間學習是值得的。現在我們正身處於分享自己生活的時代，所以我還想學會更豐富的表現方式，記錄日常生活中發生的動態與聲音，並分享給大家。

每個國家都有各自不同的姿態

「我是水瓶座。」在臺灣說這句話會很危險。首先，初次見面的人可能會跟你保持距離。不僅如此，也有不少人會幫你貼上「不知道在想什麼的外星人」標籤。但是，我覺得相信占星文化的臺灣人很有趣，實際聽到水瓶座的特徵，我也無法反駁，因爲還蠻準的。接觸異文化其實很有趣，同時能讓我發現不同的自己。

「自由奔放，不會深思熟慮。愛開玩笑，不知道在想什麼」。

認識我的臺灣朋友和日本朋友，對於我的印象一定都是這樣吧。這完全正確。簡單來說，我不太有典型日本人的特徵。這一定是因爲我在東京時，認識了許多留在日本的外國朋友的關係，在職場中感情好的同事也是義大利人，經常一起玩的朋友是巴西人和美國人。在我去臺灣前，就受到他們自由奔放的性格影響。從以前開始，我就沒有日本人特有的「讀空氣（察言觀色）」、「合群」的特質。到臺灣之後，我馬上就發現臺灣人的情緒起伏相較於日本人更顯而易見，人際關係也不像日本那麼複雜，所以我很快能融入當地，不會感到不自在。我覺得在臺灣，愛開玩笑比較受歡迎（問題發言），這也很適合我的生活方式。這是臺灣幫我找到自己嶄新的一面。

但是，對於會和我共事過的人而言，可能會對於上述的我有不同看法。在私底下生活中，我對於任何事情都抱持著「差不多就好了」的態度，但在工作上，我變得非常注重細節。**越是喜歡的工作，我越不想留下遺憾，**因此有疑問的地方我會仔細地與對方確認。這是我「細膩」的一面。是個超麻煩的傢伙。

像是無法停止的魚

我不太喜歡「舒適的環境」。如果每天都沒有學習到什麼，每天都過著相同的生活，即使是工作，每天都在重複的例行公事中度過，我就會開始感到「這樣不對」、「浪費時間」。我的思考模式很不可思議，即使被喜歡的人們包圍著、從事喜歡的工作、在喜歡的地方生活，我還是多少會被不安的情緒左右。眞是麻煩。就像鮪魚必須不斷地洄游才能生存一樣，我也想在未知的大海中遨遊。

我絕對是看太多漫畫了。

就當我在臺灣和日本感受到如此些微「奢侈的危機感」時，東南亞的緬甸和印尼旅行給了我啟發。我在那裡待了一到三個星期左右，包括拍攝和休息。在這個與日本截然不同的多民族國家中體驗到的世界觀，讓我的心久違地感到雀躍不已。雖然緬甸現在因爲軍事政權等複雜的政治問題，已經無法前往，但之前造訪時，我能從日常生活中，感受到當地人們的善意，以及幫助他人的習性。這裡不僅食物非常合日本人的口味，而世界遺產蒲甘，有歷史性建築與遺跡隨處林立，彷彿公園的遊樂設施般平易近人。我無法忘懷在那裡所見的夕陽。沙地上到處奔跑的小孩們臉上堆滿豐富的表情，在充滿慾望的現代，這裡彷彿是一間「理想的教室」，教導我純潔的心靈，以及人與人之間簡單的互動之美。

由衆多島嶼組成的印尼，擁有全世界第四多人口數，約有二億七千萬人，充滿「多樣性」。我在全世界交通最壅塞的國家之一的雅加達，被波濤大浪般的車輛數量所震撼。這裡有伊斯蘭教、基督教、印度教等不同的宗教信仰，各個島嶼的民族在同一個地方共同生活一直讓我感到期待興奮。

這個國家的「常識、理所當然」吸引了我。那種心情就像是一個充滿好奇心的小孩，在這個國家到處漫步著。基於在這裡的經驗，未來的旅行計畫，我打算優先造訪巴布亞紐幾內亞或帛琉等島國。從臺灣南移的南島原住民族文化大都分散在東南亞各地，所以我想自己記錄，展開一場點與點連接在一起的旅程。對於這突然湧現的靈感，連我自己都感到驚訝。感到疲憊時，就出去走走吧。如果時間不夠，不妨閉上眼睛想想旅遊的事。人生就是一場冒險。

16 夢想

我想在此記錄一則自己的夢想。那就是，「我想開一間自己的店」。

我從高中開始就一直有這個想法，在腦中有很縝密的理想計畫。不過我想先說的是，這個夢想相當不切實際。首先，我想開的店不是小型咖啡店之類的，而是想要一個非常寬敞的空間。我的理想是一個靠近森林、從窗戶向外望去可以將大海盡收眼底、能感受到日出或夕陽光線的地方。在這樣的環境中，建立一個大家可以自由進出的「祕密基地」。

主題概念就定爲「能夠冒險的書店」吧。

然後，我想在店裡販售以臺灣和日本爲主，來自世界各地原住民和先住民的傳統工藝品，讓訪客從物品和書本了解遙遠國家的民族文化。除了單純的「商品販售」，我想創造一個能了解物品背後故事的地方。價格高昂不一定保證東西美好，譬如食物，有時在知道產地和品牌後，會變得更加美味。即使對這個物品沒有興趣，只要社會大衆喜歡，就會連帶受它吸引；即使在世俗眼中是沒有價值的東西，只要是重要的人贈予的，就會成爲寶物。所以，販售物品，內涵其實很重要。眞讓人滿心期盼呢。

我理想中的室內裝潢設計，是簡約地使用混凝土和木材，結合大自然與人造物的風格。而營業時間設定爲二十四小時，在我看來，隨時都能聚集人群、閱讀書籍是件很棒的事。沒錯，我完全沒有考慮到員工（笑）。這間黑心企業，希望雇用的人才是有原住民或先住民血統背景的人，或是很精通某個特定領域的人（歷史、鐵路、動漫宅，總之不限類型）。如果我是客人的話，比較會對這種有個性的人留下深刻的印象，即使和自己的職業或興趣不同，但接觸後很可能產生化學反應，這樣一想就令人興奮不已。尤其是會說多國語言或懂手語的人更好。更希望是具備很多種溝通交流方式的人。我的要求好像有點太刁鑽了。

地點可能會挑在東南亞等地方的島嶼會比較好。那裡土地的寬敞度、與大自然的距離感、還有考量到物價層面，可能會更接近我理想的空間。如果是在臺灣國內的話，我希望開在嘉義。如果是日本的話，則還沒有想法。我傾向親自顧店。但是，在現場一到二年左右後，我想把店交給可信賴的人照顧，然後繼續出國旅行。好像有點太急了。但是，**「店也是活的」**，所以不能只是放置物品而已，還必須不斷地更新。爲此，在世界各地嘗試各種體驗，並在其中獲得生活的啟發，理解不同國家的思考方式是非常重要的。

對我來說，我腦中的這間店，是一個可以安放自己人生的地方。不過我也想像得到，等實際去執行碰到各種阻礙後，自己變得失落的樣子。並非製造物品，而是創造夢想。總有一天，我會眞正實踐夢想，追求「專屬自己形式」的夢，在人生中一邊繞著遠路，一邊尋找夥伴，同時自己也進步成長，將「夢想」化爲現實。當我們在做某事時，有恐懼感較能冷靜地做出判斷。但是，**要小心不要成為膽小鬼。**今天也要在看不見終點的道路上，繼續向前邁進。

如果無所事事，人生就很漫長；如果想做些什麼，人生其實很短暫

關於未來的想法，好！首先先思考未來的十年。這十年對我來說，會是「自我探索」的時間。雖然我自己都覺得「事到如今了還要自我探索嗎？」（笑）應該換句話說，是「以尋找適合自己的國家爲目的的旅行」。

當然，我在日本和臺灣都有長時間的居住經驗，這兩個國家可以說都非常適合我。不過，正如我一直說的，世界很廣闊，我希望多去走走，去發現未知的國家與自己產生的化學反應。這個想法可能不僅限於十年，而是我永遠的人生課題。並且，我希望能夠在那些吸引我的地方，與當地人和文化進行交流，並透過我的攝影，對社會有所貢獻。在這個世上，**人們常說「人生轉瞬即逝」，但對我來說，「如果無所事事，人生就很漫長；如果要做些什麼，人生其實很短暫」**。到頭來，我想做的事情全部都只是

爲了自我滿足，所以只要在自己的能力範圍內，慢慢地進行就好。

我認爲一個人能力所及的範圍，眞的是非常非常渺小。我見到許多過於相信自己辦得到，最後卻失敗而沮喪的人。回顧自己的過去，好好完成的事情眞的微乎其微。相反地，待辦的事情堆積如山。一個人從出生到死亡之間的人生，可以說是微不足道。對未來不抱期望，卻又同時邊思考自己並非對任何事情都無能爲力，邊在當下拚命掙扎著，這實在很有趣。雖然偶爾會迷惘，但是時間一過也就會遺忘。

猶豫不決的事情，結果都沒什麼大不了。

重要到絕對不能妥協的事情，其實並沒有那麼多吧？

追尋櫻花之道

不管是哪個國家、哪個自治團體、或者有什麼人參與，只要櫻花綻放，人們就會聚集在那裡。坐在平常不會坐的長凳上，欣賞純白的花瓣，配著小酒，只需這樣，就能滿足內心，還能填滿對話空白。

前言

追隨櫻花前線

那年的春天，我像是著了魔般追尋著櫻花，在日本各地旅行。從溫暖的南部到最終目的地北海道，我隨著櫻花一路向北移動。櫻花的開花時期很難預測，而且盛開期非常短暫，只有大約一個星期。此外，再加上櫻花品種、海拔高度、氣溫變化等許多不特定因素，使得開花的預測期時常變動。即使每年都在同一個地方拍攝櫻花，也有失敗的可能。結果到頭來，還是取決於運氣。「正是因爲不知道」，這些回憶也有千萬種可能性。然而無法輕易掌握，或許也是櫻花的魅力所在。隨著年齡增長，那些不顧一切拚命地追尋櫻花的日子，也毫無疑問地成爲了我的青春。

有人目不轉睛地凝視著櫻花。
有人帶著孫子，與櫻花共同守護後代成長。
有人把櫻花永遠收藏在照片裡。
有人彷彿設宴般，在櫻花樹下享受夜晚小酌的樂趣。
有人改變一直以來的散步路線，刻意繞往櫻花林蔭小徑。

有櫻花的地方，就必定有什麼契機正在開始。我在這章用攝影記錄櫻花與人的故事，以及在迂迴路上遇到的人情風景。

1

I'm from East Tokyo

｜東京都江戶川區｜

那天，我將目光轉向了「在地的櫻花」。我在東京土生土長，更細分來說是東東京＊。

＊補充說明：

東京都二十三區的西部主要包括「品川區、目黑區、大田區、世田谷區、中野區、杉並區、練馬區、板橋區、北區」等九區（其中，品川區、目黑區以及大田區，這三區又被稱爲「城南地區」）。這個地區從古至今一直以作爲高級住宅區而廣受歡迎，其特徵是這裡住了許多年收入超過一千萬的高收入家庭，僅次於都心及副都心。簡單來說，就是澀谷、新宿、池袋那塊區域。

而我所居住的地區被稱爲「東東京」，一般來說，包括「台東區、墨田區、江東區、足立區、江戶川區、葛飾區、

荒川區」等「城東七區」（所謂「城東」，是指現在皇居以東的地區）。台東區、墨田區以及江東區的西邊，在江戶時代曾經是大名家的下屋敷（別墅）和寺院及神社聚集的地方，保留悠久的傳統文化。淺草和上野等地方，相信大家都不陌生。我先聲明，我對西部地區完全沒有任何敵意。

我有幾個推薦大家在東東京欣賞的櫻花絕景，這裡提一個代表性的地方。就是荒川的「大島小松川公園」沿線，南北綿延約二公里，超過一千棵櫻花樹盛開的小松川千本櫻。每年的最佳賞花期在三月中旬至四月上旬，櫻花的數量多到令人震撼。此外，還能看到當地居民與愛犬一起散步的人們、騎自行車的人，以及上學途中的學生們，與櫻花相映成趣。在「櫻路」上騎著腳踏車，清新的風拂面而過。花瓣飄落飛舞，東東京這美麗的一幕，能讓人感受到「蓄勢待發」的心情。

拍攝完小松川千本櫻後，在前往「東大島站」的路上，隔著「舊中川」看到了我故鄉（墨田區、江東區及台東區的區域）的地標「東京晴空塔」。我在那裡看到一位阿伯正在一個人拍攝櫻花，我不禁想著，也許當我年齡漸長的時候，也會變成那樣吧。不對，我希望成爲像他那樣熱衷於攝影的人。東東京華麗壯觀的觀光地不像西邊那樣多，但在這裡，時間的流動似乎變得稍微緩慢一點。這正是我喜歡這裡的原因。

●小松川千本櫻　東京都江戸川區小松川1丁目～3丁目附近

2

只有笨蛋和煙喜歡高處

| 東京都西多摩郡 |

在拍攝前一天的深夜，我緊盯著手機螢幕不放，因爲還沒找到隔天的櫻花拍攝地點。我首先把目的地鎖定在山區，結果出現了高尾山、御嶽山等幾個選項。但是最後，我突然冒出「想去沒有人的森林神社」這種天馬行空的想法，結果決定前往奧多摩。一路隨著電車和公車搖晃，我抵達了被群山包圍、寧靜的「奧多摩湖水壩」。奧多摩湖的正式名稱是「小河內貯水池」，是由小河內水壩攔截河川所造成的人工湖。下公車後看見風平浪靜的寬廣湖面，聞到混雜了些許濕潤土壤的香氣，才眞正感覺到自己已經離開了都心。沒錯，今天是個好日子。

「如果猶豫要去哪裡，總之先往高處前進。」

這是我的個人原則。因爲從高處可以俯瞰風景（雖然也有些地方會被植物遮住），通風處多，很適合決定下一個目的地。從這四下無人的室外高地上俯瞰四周，原本看起來零星分布的櫻花樹，現

在看起來卻像是滿山盛開的美景。而且，我看到了種類豐富的櫻花（包括染井吉野櫻、日本山櫻、大山櫻、大島櫻等）還依然開著。我和朋友不約而同地各自變換地點，以各種不同的角度拍攝風景和櫻花。像這樣沉浸其中的時間，是最愉快的時光。

我在「小河內神社」參拜，這裡只聽得見吹拂而來的山風聲，以及不見蹤影的動物鳴叫聲。我盡情享受到被評價爲東京祕境的奧多摩魅力，然而，心情一直都處於拍攝模式中。儘管天色已開始昏暗，我們返回奧多摩水壩，朝著「見晴之丘」前進。當抵達山頂附近時，經歷一整天的體力和相機的電力都完全消耗殆盡，但眼前的景色，卻是今天最美的瞬間。在下山時，還遇見了天然紀念動物「日本髭羚」的身影，以及彷彿在眺望水壩般盛開的美麗櫻花，一想到這些美好的景色是靠這股疲勞感獲得的，我的心情頓時也神清氣爽了起來。

●**奧多摩湖**　東京都西多摩郡奧多摩町原
●**小河內神社**　東京都西多摩郡奧多摩町河內 149

3

與母親一同旅行

｜東京都秋留野市｜

這是一名兒子，在熱愛旅行的母親身後追逐所寫下的日記。某天晚餐時，母親說東京都秋留野市有她一直想看的櫻花，請我開車帶她去。母親恐怕是家人當中最行動派的。她通常都不在家，興趣是打網球，每週打三天，她還會騎腳踏車去學生家裡上家教課。注意到她的時候，她都正在國內旅行，而且幾乎都是在關東地區以外的地方，比如富山縣或長野縣，大家通常都無法掌握到她的行蹤。不知道什麼時候去了澳洲一段時間，回來時門牙還斷了。我時常覺得，她真不愧是我的母親。

今天，我們第一個拍攝的目的地是擁有六百年悠久歷史的臨濟宗的寺院「龍珠院」。一到春天，寺廟周圍五顏六色的春季花卉都會一齊綻放，如垂櫻、染井吉野櫻、高遠櫻、山櫻花、油菜花，以及紫鐵線蕾（紫蘇花）。我們造訪時正好是盛開時節。爬上一小段坡道後，我和母親同時發出「喔～」的驚嘆聲。因爲呈現在我們眼前的是各種從未見過的植物，五彩繽紛地盛開怒放，彷彿是在守護著這座小寺院一般。這裡正是名副其實桃花源的景象吧。因爲太過感動，我不禁縮短了自己邁往寺院的步伐。一位帶著相機，每年都會來這裡的男性長輩告訴我：「這裡的花草樹木，都是由住持夫婦精心栽培的。」我和專心用手機拍照的母親會合。於是，就像往常一樣，母親在旁與其他的觀光客聊著天。我一邊想著，或許我也有遺傳到一些她的社交能力和冒險精神，一邊默默離開了現場。

●**龍珠院** 東京都秋留野市乙津1422

4

人與土地的守護神

| 東京都秋留野市 |

秋留野市的春天很熱鬧。我不是指都市中人群熙來攘往的嘈雜聲，而是指山的表情。山上覆蓋的綠意，即使只有綠色卻彷彿用顏料調色般擁有豐富多彩的組合。在日本時常看到「到鄉下生活吧」這樣的廣告台詞，一看到位於大自然中的民家生活後，才發現這句話眞具說服力。因爲一大早就出發，飢腸轆轆的我需要一頓豪華的午餐，便來到了「老舖料亭・黑茶屋」。在這家餐廳裡，有幽美群山環繞的清溪「秋川溪谷」在側，夏季有新綠，秋季有紅葉，能欣賞四季更迭的各種日本精粹之美。約三百年前以庄屋風格建造的古民家，充滿雅緻風情，歷經時間生成的苔蘚與精心維護的植栽，都能讓人感受到日本之美。

這裡的料理都是使用當地的新鮮食材，全部是以套餐形式提供，需要提前預約。使用炭火的體驗型料理，由穿著和

秋川渓谷戸倉体験研修センター
戸倉の秋川

服的工作人員細心指導。從以（眞的）櫻花入菜的前菜「旬菜竹籠料理」開始，黑茶屋的創作料理讓我從頭到尾都感動不已。用餐後，我在黑茶屋寬廣的店內散步，參觀伴手禮店和拍照景點。我敢保證，這裡値得遠道而來。

我的最終目的地是一處聽說被譽爲東京都三大巨樹之一的山櫻花，就位於「光嚴寺」的境內。原本滿懷期望前來參觀，但是那棵櫻樹沒有開花。後來查詢資料才知道，樹齡較長的櫻花可能與其他櫻花的開花時期不同，即使寺院境內的櫻花都已滿開，但東京都內最大的山櫻花樹卻還是花蕾的狀態。「找到再來一次的理由。」我這樣安慰自己後上了車。在下坡途中卻有一棵綻放的櫻花樹，彷彿在守護著校舍一般，映入了我的眼簾，讓我不自覺停下車。

這裡是「秋留野市立戶倉小學舊址」，在二〇一三年落下了長達一三九年歷史的帷幕。現在成爲一處能提供體驗農業和體驗自然的住宿設施，在二〇一六年四月重新開放，被大家暱稱爲「戶倉白山 Terrace」。

這個設施主要的目的在於促進與當地進行交流，具備了「體驗」、「住宿（僅接受團體預約）」、「餐飲」和「展覽」等四種機能，脫胎換骨，成爲住宿型觀光設施。日本各地的一般學校校舍，通常除了學生及相關人士以外都禁止進入，但在這裡卻沒有限制，可以自由自在地散步。這裡使用「多摩產材」的木材，將原本校長室和職員室改建成了餐廳，能感受到木質的溫暖氛圍。在午餐時段，提供使用當地食材所做的料理，像是「建長湯（季節限定）」、「鱒魚鹽燒定食」，以及令人懷念的學校餐盤式營養午餐等，使用的食材都是附近的田地所採摘的蔬菜。

這次的秋留野市之旅中，我的感想是「一天不夠」。下次春天再訪時，我強烈希望能透過「戶倉白山 Terrace」，讓身心充分地感受這片土地。

● **黑茶屋** 東京都秋留野市小中野 167
● **光嚴寺** 東京都秋留野市戶倉 328
● **戶倉白山 Terrace** 東京都秋留野市戶倉 325 番地

5

這棵是什麼樹，讓人在意的樹

|千葉縣印西市|

在千葉縣印西市綻放的山櫻花，已經遠遠超出我的想像。這棵櫻花樹的樹齡估計已有三百年以上，歷經漫長的時間一直守護著這片土地。原本只是一棵在農民們恬靜生活中極其普通的農田裡獨自綻放的櫻花樹，但一到了開花時期，就會搖身一變成爲一位吸引人群的偶像。每到最適合賞櫻的時期，當地居民便會整修道路，還會開設咖啡店，陳列當地食材，爲當地帶來朝氣活力。現場充斥著人們的笑容和歡笑聲，簡直就像是由櫻花主辦的祭典。

在櫻花樹附近，還有志工提供導覽服務。炎炎烈日下，他們很熱情地爲我介紹：「這棵櫻花樹被稱爲『吉高大櫻』，據說是在一九八一年成爲印西市的指定天然紀念物。在它的樹根周圍，是這棵樹的擁有者——須藤家族的祭祀場所（用於供奉神佛和祖靈，舉行安魂、表達感謝和祈願等儀式的場所），比周圍稍微高出約一公尺左右。也因爲是在這片良好的環境條件下，這棵櫻花樹才能長得如此巨大。染井吉野櫻的樹皮呈偏灰的紅褐色。深褐色的短橫條紋相連；而山櫻花的樹皮呈紫褐色，帶有光澤，並且有明顯的長橫條紋，也比染井吉野櫻稍微長一些。」

正如櫻花賦予人們一些什麼，人們也支持著櫻花。志工說話時臉上的笑容，如同陽光灑在櫻花和油菜花上，一樣燦爛耀眼。

●**吉高大櫻**　千葉縣印西市吉高 930

6

花燈

｜神奈川縣川崎市｜

我設定「想拍攝鮮爲人知的櫻花」這樣的目標後，向家人和朋友詢問調查，也翻遍了雜誌的相關特輯與書籍，跟各縣最新的開花相關新聞。而衆多的地點中，我選定的第一個拍攝地點，是神奈川縣的「二領用水（宿河原堤櫻花林蔭道）」。建於江戶時代，充滿歷史浪漫情懷。這個地方是在江戶時代初期（西元一六一一年）依據德川將軍的命令所建造的水渠，與多摩川相連。「二領用水」名稱的由來，源自於它橫跨了江戶時代的川崎領與稻毛領兩個領地。我背着沉重的相機包，在飄著小雨的天氣中，隨著長長的電車一路搖晃。對於住在東京靠近千葉縣一側的我來說，前往神奈川縣的路上，心情就像是出發去一趟小旅行般開心。但是，此時的雨，比起出發的時候下得更大了。或許是受到下大雨的影響，櫻花林蔭道上空無一人。這場雨挾帶了天空的氣味。這就是下雨天的好處吧。

我一邊聽著雨水滴落在草木上的雨聲，以及小溪潺潺的流水聲，一邊緩慢地前行。沿著小溪有四百棵的櫻花樹並列延綿長達約二公里，是這個景點的壓軸。最精彩的地方，是行走在鐵路下方流淌的小溪中。很難描述一幅從沒見過的景象，所以我強烈推薦您親自來造訪欣賞。在回去的路上，因爲多雲的天氣，周圍變得昏暗，潔白的櫻花猶如小小的線香煙火般照亮了道路。這正是名副其實的「花燈*」。

* 所謂的「花燈」，是指當櫻花滿開時，即使在夜晚也隱約明亮可見之意。

● **二領用水（宿河原堤櫻花林蔭道）** 神奈川縣川崎市多摩區宿河原 2-2-13

7

花紅柳綠

｜神奈川縣橫濱市｜

「想拍攝鮮爲人知的櫻花」第二彈，就是櫻花和鬱金香相映成趣的「江川溪流綠道」。這裡是連接橫濱市都筑區東方町與川向町東西向的綠化區。只看照片難以想像，由於這裡周圍是工廠和倉庫街，所以唯獨這條道路就像是異世界一般。因此，這裡的特色是除了像我一樣前來觀賞櫻花的觀光客外，還能看見上班族來這午休，或是父母親帶著小朋友一起散步的身影。

透明的水中，新綠色的藻類順著水流擺動，河道的兩旁是種滿了五顏六色花卉的花田，隨風搖曳，抬頭望去是粉紅色的天空。家長和路過的長者們一邊聽著潺潺流水聲與小朋友們的歡笑聲，一邊在旁默默守護著，彷彿一幅充滿和平氣息的畫作。這裡就像是在乾燥沙漠中的綠洲一樣。

●江川溪流綠道　神奈川縣橫濱市都筑區川向町與東方町的町界處

8

致世間一切萬物

| 埼玉縣大宮市 |

不管是哪個國家、哪個自治團體、或者有什麼人參與，只要櫻花綻放，人們就會聚集在那裡。坐在平常不會坐的長凳上，欣賞純白的花瓣，配著小酒，只需這樣，就能滿足內心，還能填滿對話空白。「大宮第二公園」的櫻花被選為日本櫻花名所一〇〇選之一，的確是一個充滿人們故事的地方。「大宮第二公園」正如其「第二」的名號，與被視為第一的「大宮公園」相比，距離車站稍遠，且沒有遊樂設施，開花時期也沒有攤販。但是，毫無疑問地，這裡的空間，時間步調更為緩慢。而且，看起來不像觀光客的當地居民的身影，實在是非常可愛。看著教導練習棒球的父子、坐在椅子上看來害羞的老年人們、無言地漫步在盛開櫻花下的夫妻，以及在映有櫻花倒影的水池旁奢侈地進行垂釣的人，我通稱他們為「櫻人」。

● **大宮第二公園**　埼玉縣埼玉市大宮區壽能町 2-405

9

養花天與人之線

｜石川縣金澤市｜

石川縣金澤市的一位美術教師告訴我：「據說只有在櫻花盛開後的那段期間，當地人會將比較明亮的陰天稱爲『養花天』。這種天氣不會太炎熱，也不會下雨，『正是陰天』，才能讓我們更長時間欣賞櫻花的美麗。」不論是花蕾的新芽、盛開的姿態、飄零的花瓣，還是鋪滿地面的純白櫻花毯，每一景都獨具風格。就像在我們的生活當中，只要改變視角，就會看到許多不同的變化。

「從這裡看櫻花超水的喔。」

我有許多恩人。但是，其中有一位與我的父母親是同一個世代，她是我在韓國首爾認識的 YUKI KITAJIMA 小姐。她是一位韓國傳統樂器的演奏家，我大學畢業旅行造訪韓國的時候，在一間小古民家中遇見了她。某天晚上，在古民家的大廣間裡，我們因爲「剛買的手機不知道怎麼用」這句話開

始交談，並且交換了聯絡方式。我記得那時她對我說：「我住在日本石川縣金澤，歡迎來玩。」所以回國後，我就和大學的學弟一起計畫去找她玩。我們在一家由倉庫改建的餐廳裡，邊享用豪華的和食料理，邊熱烈地談論令人懷念的韓國之旅。從那時開始，每當碰巧在附近時，我們都會各自約上朋友一起吃飯。我在臺灣舉辦第一場攝影展時，她還有送花祝賀。

就這樣，距離我們在韓國相遇已過了大約十年，來到二〇二三年的春天。我決定「想拍攝石川縣的櫻花」後，便立刻聯絡她。「希望時間能配合上。」她一如往常低調地回覆我，但在當地會合時，她早已準備妥當。她找上金澤的朋友們，帶領我走最短的路線前往只有當地居民才知道的櫻花名勝。於是，我在拍攝時，有了一些想法。人與人之間的相遇總是突如其來，人與人之間相連的細線細到看不見。但是，人們可以透過彼此的情感來編織這條線，並且調整其長度和形狀，而這根細線也會與其他人相連，帶領人們前往意想不到的風景。

●**奧卯辰山**　石川縣金澤市若松町ア32（地標是「奧卯辰山 NOBINOBI 交流館 Tombo Terrace」）

10

花鳥風月

｜富山縣下新川郡｜

「我希望在死前，能在這個季節、這個地方、拍下這幅構圖的照片。」每個攝影人心中都有這樣的地方吧。而富山縣的「春日四重奏・舟川沿岸的櫻花林蔭道」，就是我一直心心念念想造訪的地方之一。櫻花與鬱金香、油菜花，以及飛驒山脈的銀白殘雪，共同譜出這一幅不現實的風景。這裡被稱爲朝日町的春季風情畫，舟川堤防的兩岸約一二〇〇公尺長，並排種植了約二八〇棵的染井吉野櫻，與飛驒山脈相得益彰。當然，在現場的魄力絲毫不減。管理如此地周到，居然不需要入場費，眞不愧是富山縣。據說在櫻花的滿開時期，除了會點燈之外，還會在限定期間點燃篝火，漫步其中欣賞夜櫻，非常夢幻。富山縣擁有海拔落差達四〇〇〇公尺豐富多變的地形，從高達三〇〇〇公尺等級山巒連綿的「立山連峰」，一直延伸到水深超過一〇〇〇公尺的「富山灣」。正如植被自然比率是本州最高的地位，生長在美麗且豐富的自然環境中的富山縣櫻花，它們的外在及內在都令人嘆爲觀止。

●**舟川沿岸的櫻花林蔭道**　富山縣下新川郡朝日町舟川新

11

堆積在城堡上的春雪與夢想

｜福島縣會津若松市｜

「我想看看福島的櫻花。」我的動機就是這麼簡單。選擇福島的理由，是因爲當我查詢全國有名的櫻花聖地時，不知爲何經常看到福島縣的資訊。經過仔細調查後，才發覺我老早就知道這裡了。因爲不論是在垂櫻的隧道與ＳＬ磐越物語號（蒸汽火車）互相爭豔下獨具魅力的「日中線垂枝櫻花林蔭道」，還是被列爲日本三大櫻花之一的紅枝垂櫻「三春瀧櫻」，這些我曾耳聞的櫻花，全部都在福島縣。果然福島縣的櫻花獨具一格！因此，我一個人飛來了福島縣會津若松市。

在以櫻花聞名日本的福島縣，我想記錄令我印象最深刻的地方。那就是整座城堡被指定爲國家史蹟的「鶴城」。「鶴城」是日本唯一一座用紅瓦砌成的天守閣。當我在會津若松市內開車時，突然間，在城市的正中央，就好像瞬間穿越時空到了不同的時代，出現完全不同的景色。不僅如此，乍看下嚴肅的城堡，一到春天，櫻花盛開，有多達一千棵左右的染井吉野櫻

開花，將周圍染成一片純白。而鶴城櫻花祭典期間限定的夜間點燈夜櫻更是不能錯過。從鶴城公園或從通天閣（城堡的頂樓）都能欣賞到，也是其特色之一，城堡和櫻花相互輝映的景色，令我感動不已。

坐在櫻花樹下，愛上侘寂之美。「侘」是指在簡單樸素中發現內心的滿足感。包含感受自然現象的豐富、面對廣闊大自然時油然而生的敬畏心，儘管有時感受到孤獨，卻能發覺謙卑之心。而「寂」則是指隨著時間流逝而產生的美。對陳舊事物的愛，就像對古董家具或頁角已被多次翻閱到破損的書本一樣，能感受到人間氣息。我第一次造訪「鶴城」時，就感受到了這股和諧感。看著歷經四百年歷史刻劃的老朽城壕和土壘，侘寂既教導我們要關注自然，卻也尊重我們的人性和脆弱。而且，最重要的是，不必追求完美。因爲不完美中也存在著美麗之處。所以，我喜歡能感受櫻花凋零飄落之美的日本。我希望有一天能將這份情感傳達給某人，因此我想要將日本的櫻花樹送到臺灣。想起我曾有這樣的夢想。

● **鶴城公園**　福島縣會津若松市追手町 1-1

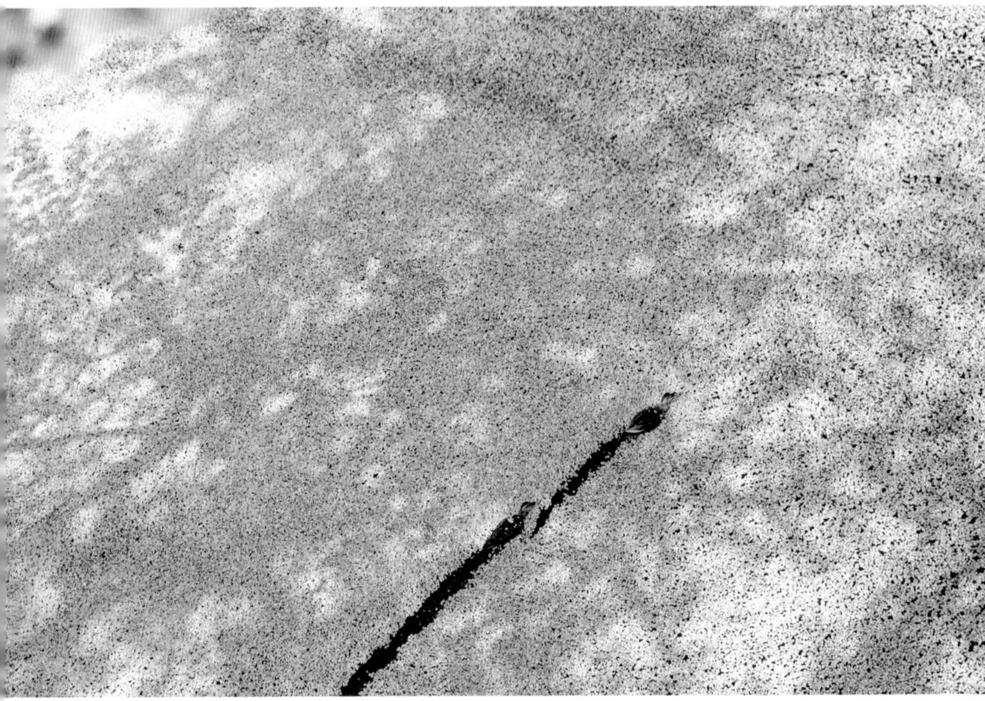

● **弘前城**　青森縣弘前市下白銀町 1

● **權現堂堤**　埼玉縣幸手市內國府間 887-3

12

令和六年．能登半島地震

｜石川縣．能登半島｜

二〇二四年一月一日，日本當地時間下午四點十分左右，在石川縣能登半島發生最大震度七級的強震。這場地震造成建築物倒塌、海嘯侵襲，甚至地盤隆起，許多災民受到影響。根據日本氣象廳表示，這是石川縣有史以來首次觀測到震度七級的地震。震源在石川縣能登地區，深度十六公里，地震規模達到芮氏規模七．六，比芮氏規模七．三的阪神・淡路大地震和熊本地震還要龐大。

除了關東地區，全日本我最常造訪的地方，就是石川縣。石川縣被日本海環繞，擁有豐富又新鮮的海產。除此之外，這裡還保留著從加賀百萬石時代（西元一五八三年～一八七一年）傳承至今，歷史悠久的街道、傳統工藝及文化。儘管在觀光方面，不如京都廣爲人知，但照顧過我的朋友們，還有能登半島的大自然，一再吸引著我。我想把石川縣金澤市和能登半島的櫻花記錄在這裡。

我們要保持身心健康，懷抱夢想，竭盡全力度過上天恩賜的每一天。

整形外科
米澤病院

のとかしま
能登鹿島
NOTOKASHIMA
(能登さくら駅)
なみず
にしぎし
NISHIGISHI
能登
さくら駅

のと鉄道株式会社

13

「美」

｜櫻人．賴羽靖 Amber｜

我喜歡美的事物。美的事物，令人著迷，讓人想努力靠近。美的事物，能成爲我的原動力，引領我向前邁進。回想起來，我的人生的重大決定都跟美有關。

因爲覺得日文的發音以及文字很美，大學選擇進到日文系學習日文。學了日文後，發現日文是由一個個修飾關係所組成的，我從這樣的語言結構上感受到美。所以我決定到日本的研究所努力鑽研日文文法的奧祕。研究所畢業後，爲了讓更多人了解到日文的美，我開始在社群網路上分享日文的魅力。美，還能產生共鳴，吸引志同道合的人聚在一起。就像是美麗的櫻花總是吸引各種人佇足一樣。經營個人網路平台後，遇到了很多跟我同樣喜歡日文的美的觀衆一起學日文。也認識到很多新朋友。因爲美，讓我的人生變得更豐富、更寬闊。也因爲美，讓我擁有了自己的夢想，有了想追求的道路。

對你來說，你認爲的美又是什麼呢？

14

Father

｜櫻人．大川雅敏｜

我的父親在櫻花盛開時過世了，我和他做了最後的道別。父親經常在家門前清掃，向放學回家路過的小學生和國中生打招呼，因此在當地小有名氣。這樣的父親，在我懂事前，因爲受傷而無法工作。從我小學低年級開始，我們家成了單親家庭，從那時開始，父親就一手拉拔我和姊姊長大。

我小時候是個喜歡黏著姊姊、愛撒嬌的小孩，明明是個愛哭鬼，小學時卻總是經常與同學發生爭執。當我升上國中不久後，父親被診斷出了胃癌。由於父親的胃被切除一半，無法吃硬質的食物，飲食量也受到限制，因此他從原本偏胖的體型逐漸變瘦。看著他的樣子，我覺得非常難過。在國中時期的後半，我沒能考進預期的高中，父親卻容許我去讀學費很貴的私立學校。高中時我努力打棒球，和同學間的紛爭也減少了。雖然我的棒球生涯沒有成爲正式選手，就連替補

隊員都沒當成，但多虧了父親，讓我能在學生時期將熱情投注在一件事情上。現在的我明白，那段不順利的經驗，是一段非常寶貴的時間，幫助我成爲更好的人。出了社會後，我加入自衛隊，並成爲一名消防員。在這個過程中，我學習到保護他人「生命」所需要的知識。或許是因爲在追隨父親的背影時，自然而然地培養成「協助他人」的思維方式。

父親身患許多疾病，我相信他自己也承受了相當多的痛苦。但是，由於他積極努力地生活，才能活到現在這個年紀。回顧過去，高中畢業前，我一直忙著練習棒球，再加上獨自一人在外生活，與父親相處的時間並不多。然而，一起陪他去醫院，還有去探望他的那些時間，現在則變成了無價的回憶。在他過世前幾日我原本計畫要去探望他，但沒能見到他最後一面。這件事情令我感到非常地懊悔。不過，人生很難沒有遺憾。因此，我會將父親所教導我的經驗當作人生的養分，盡量不留下遺憾，向我珍惜的人傳達我的想法，並珍惜當下的每一刻，這是我未來的道路。

致我最愛的爸爸，對不起我給你添了很多麻煩。謝謝你把我撫養長大，謝謝你長時間陪伴在我身旁，謝謝你一直支持我。多麼慶幸你是我的父親。我愛你。願你在天上好好休息。

15

後記

｜櫻人．小林賢伍｜

如今明白了，所謂的活著，是創造回憶。
然後，將他人給予的善意，再傳遞給另一人。

It's OK！
一起迂迴吧。

也許現在是什麼都「難以迂迴的時代」。
眼前總是延伸著他人開闢的道路，
離開這條道路，也許會受傷或受到批評。

行走在安全的道路上。這個想法有時也是必要的。
但是，一味地前行很無趣。

我承蒙他人的幫助活到現在三十四年。

一直行走在暗巷的我，
或許也到了應該要跟隨大眾走向安穩之道的年齡。

但是，還早。
不對，無論幾歲，我都想繞遠路。
我想行走在未知的道路上。我相信，在那裡，有嶄新的未來正等著我。追尋夢想，就是每分每秒都在最不願妥協的重要事情上不斷輸給他人。

然而，世界上就是有些事情會讓你燃起鬥志覺得這也沒什麼大不了的。看著櫻花，我想起了這件事。

「與眾不同」，這是讚賞的話。
迂迴，就是捷徑。

邁步向前直到綻放吧！ 咲くまで歩こう

小林賢伍／文 · 寫眞　林嘉慶／譯

美術設計　謝捲子 @ 誠美作
叢書主編　黃榮慶
副總編輯　陳逸華
總 編 輯　涂豐恩
總 經 理　陳芝宇
社　　長　羅國俊
發 行 人　林載爵
聯經出版事業股份有限公司
新北市汐止區大同路一段 369 號 1 樓
(02)86925588 轉 5307
聯經網址　www.linkingbooks.com.tw
電子信箱　linking@udngroup.com
文聯彩色製版印刷公司印製　ISBN ／ 978-957-08-7235-4
初　　版　2024 年 2 月 • 2024 年 3 月初版第二刷
定價／新台幣 480 元

行政院新聞局出版事業登記證局版臺業字第 0130 號
本書如有缺頁、破損、倒裝請寄回台北聯經書房更換。

封面攝影
攝　　影　鄭鼎 Dean
造 型 師　克里夫 Cliff Chu

贊　　助　NIKON TAIWAN
本書攝影作品皆使用 NIKON Z6 無反光鏡相機拍攝
· Nikon Z 6
· NIKKOR Z 24-70mm f/4 S
· NIKKOR Z 14-30mm f/4 S
· AF-S NIKKOR 105mm f/1.4E ED
· Nikon FTZ 轉接環

感　　謝　林晉億 · 侯宜佳 · 林嘉慧 · Ellee Chiang

國家圖書館出版品預行編目（CIP）資料

邁步向前直到綻放吧！／小林賢伍著；林嘉慶譯.
——初版.——新北市：聯經出版事業股份有限公司,
2024.02
216 面；14.8X21 公分 . --（星叢）
ISBN 978-957-08-7235-4(平裝)
[2024 年 3 月初版第二刷]
861.6　　　112001454